U0501021

请晚点再离开我

冷莹 著

 北京联合出版公司
Beijing United Publishing Co.,Ltd.

图书在版编目（CIP）数据

请晚点再离开我 / 冷莹著. -- 北京：北京联合出版公司, 2018.2
ISBN 978-7-5596-1418-6

Ⅰ.①请… Ⅱ.①冷… Ⅲ.①长篇小说—中国—当代Ⅳ.①I247.5

中国版本图书馆CIP数据核字(2018)第003073号

请晚点再离开我

著　　者：冷　莹
责任编辑：管　文
装帧设计：格·创研社

北京联合出版公司出版
（北京市西城区德外大街83号楼9层　100088）
北京联合天畅发行公司发行
郑州市毛庄印刷厂印刷　新华书店经销
字数180千字　880毫米×1230毫米　1/32　7印张
2018年2月第1版　2018年2月第1次印刷
ISBN 978-7-5596-1418-6
定价：39.80元

目　录

目　录

多变的是人生，不变的是孤独。

我一直都想好好写一写孤独。

大概是因为见了太多孤独的人，自己也与孤独长久对峙过，便知道很多时候，孤独就像一片黑暗海面，在吞噬一个人的时候阵势浩大又悄无声息。

《我还爱着你，比想象中更深》一书上市后的两年里，一直都有读者不断发私信给我，问书中那些人物是否真实存在以及他们后来的命运如何。一些未曾谋面的读者因为那本书写长信给我，向我倾吐他们内心不为人知的秘密。那些故事，读到最后全调亦是孤独，不同面目的孤独。他们的来信时常让我觉得，原来那一个个走在人群里宛若无伤的成年人，往往都是抱着生命中的缺口与遗憾在行走。

还有一些身边人的故事，催泪折心地，也都不断地提醒我：这个世界的角角落落散落着无数灵魂孤独的人。每张脸庞上看似平静的无恙，都来自曾经于暗地摧枯拉朽的成长。

人们怀揣相似的孤独，却往往并不能彼此洞见，只能兀自寂寥沉浮。这是人心的悲哀。

我们不是生来坚强，但我们中的绝大多数，最后都从曾经的孤独沉沦里上了岸。我们甚至从仓皇对抗孤独，到后来成长为懂得享受孤独，并从孤独中安然汲取滋养的人。

这个过程，往往都借过一些别人的暖意。

是的，每个人生命中都有别人不能共担的孤独，可是那些温暖真实存在过，便如星光，如此微小却坚忍地一直闪烁在你的夜空。

这世间的孤独都是相仿的，每一颗星星却都是唯一的。因为遇见过，孤独后来也变得美丽。

这是我更想书写孤独的意义。

在这本书里，我写了二十二个有关孤独的故事。

故事的主人公有些有原型，有些源于写作虚构。故事的大量细节都来自身边的人，还有那些写长信向我倾诉的读者朋友（他们把最珍贵的人事满腔信任地交给了我，希望那段过往能在我的文字中得到梳理，我希望我没有令他们失望）。即便是那些虚构的人物，也都是为了那些曾经深深打动我的真实细节而存在。

对我来说，所有的故事都是路径，孤独是站牌，最终的目的地，也就是这本书真正想书写的：是那些让人最终得以有勇气，去平视乃至去翻越孤独的，人间至诚美好。

这也正是这些年在我所旁观过的那些深刻孤独故事里，最让我心生感动的一点。许多故事的主人翁都使我懂得，那些在命运里历经浮沉后看似孤孑的身影，其实内心并不再畏惧孤独，相反，他们都因爱而丰盈，对前方满怀期待。因为他们曾经历的一切，都让他们更懂爱和希冀。他们在行经生命的暗夜之后，成为了在命运的残忍里怀抱温情、执爱行走的人。

一个人，亦不言孤独。因为曾被爱过温暖过，孤独就是辜负。

但凡被爱过，不再言孤独。这是这本书所想诉说的。

读过他们的故事，你会明白我所说。

在执笔这本书的过程中，我也想起许多细碎往事，深深感激那些曾路过我生命中的暖意。是那些温暖面孔，让我在后来的时光里回过头去，可以轻轻说声：嗯，生命即使有些孤独，也是美好的，因为我遇见过你。

只有当我
爱上了
活着

城市 ● 南阳

只有当我爱上了活着，
我才能爱你。

徐舟一直记得她妈妈走的那天。那是 1991 年秋天的一个傍晚，她妈妈左手拎了一只装满衣服的蓝色旧行李箱，右手拎着一红一蓝两个大编织袋，红的里面装着几双鞋，蓝的那个里面横七竖八地装着她的毛巾、牙刷、雅芳面霜，还有那个她天天用来喝水的搪瓷杯子。她走得有些踉跄，像拎着她人生第一段婚姻的全部结余。

五岁的徐舟就在窗户后面看着她妈妈步步走过巷道拐过弯，直到那个身影被巷口那棵半大不小的苦楝树切得细碎模糊。徐舟的爸爸关着门坐在客厅里抽烟，那天晚上他坐的地方地面坆起一片烟蒂。

在后来的二十几年里，徐舟一直恨那天那个趴在窗户后面淌着眼泪盯着妈妈背影的自己，恨那时年幼不知遮掩的悲凄留恋，让她的回忆充满羞耻感。

妈妈离开以后，徐舟很快就在亲戚的风言风语里长成一个懂得沉默的小孩。她不再愿意提起"妈妈"两个字，在和她爸爸因为一些事情不得不提到时，也会小心地用"她"来替代。

徐舟很争气，没让爸爸操过心。上学以后，她成绩一直很好。二年级就学会了洗衣做饭。四年级那年，她爸爸领回来一个女人，也没怎么费神介绍，徐舟从作业本里抬起头来笑容乖巧地叫了声"阿姨好"，不久，那女人成了徐舟的后妈。

徐舟是那片邻居教育孩子的楷模。从小当班长，大学毕业后凭自己的能力进了银行，没有什么后台关系，升迁还是比绝大多数同事快。工作两年后规规矩矩交了个公务员男朋友，每周末两人大包小包一同回来看她爸爸，像准时来走交情的亲戚。

徐舟一直是对自己和周边控制力很强的人，主见笃定。也许是那种格外冷静不似同龄人的气场，从小到大，旁人都服她，同学同事大都愿意敬让她一头，男友一直对她言听计从。继母病故后，父亲也事事询问她的意见。

但没有人知道，徐舟看似完整无缺的生活不知从什么时候开始，悄然走向了崩盘。

第一个生活脱离徐舟掌控的裂隙大概是从男友开始。

这个夏天，一向温柔敦厚的男友突然像变了个人。其实徐舟是感觉到了征兆的。她的策略是假装没有看见他的诸种蛛丝马迹，试图用日复一日的现实拉着他那点儿轻飘飘的游离下坠。

但徐舟没有想到的是，她那素来没有脾性的男友，这次竟然有勇气同她坦然对峙。

男友坦白他爱上了单位一个温柔乖巧的小文员，并且坚持要同徐舟分手。

徐舟那一刻有瞬间耳鸣。与其说她被男友中伤，不如说给她最沉重的那一击来自她的记忆碎片——妈妈拎着行李箱和编织袋离去的那个午后仿佛又突破时空再度横亘在她人生的路口。

徐舟死死盯着男友，一言未发。她不知道那时她的眼泪已经爬满了整张脸。

男友明显被吓住了。他既从未看过流泪的徐舟，也从未见过谁向他坦露这样喷涌的悲伤。他的良知那一刻紧紧攥住了他的心，让他几乎难以呼吸。

分手暂告一段落。

可惜欲望与良心总在博弈。关于愧疚的良知日渐单薄，奔赴爱的欲望却如潮拍岸。他们纠葛拉扯了很长时间。

有一段时间，视工作如命的徐舟破天荒主动休了年假，每天去男友单位等他下班。

男友所在部门工作清闲，绝大多数人都靠喝茶看报纸度日。徐舟去了，拿出一副两人亲密无间的样子，给他同办公室的同事随手捎点儿水果饮料，聊天侃地。那文员姑娘进来送文件，徐舟也大大方方递她一份。有时也去男友所在部门里那个与她相熟的女领导办公室里坐坐，真假闺蜜似的聊聊天，临走时云淡风轻地送条某大牌的羊绒围巾、几个一线品牌的化妆品之类。下班时徐舟挽着男友臂膀走出去，见人皆有三分笑。

男友同事都夸他找了个好女人，徐舟不用看也知道她那个被大家认为老实人的男友脸上一定挂着几分木讷的笑。

在家的时候，他俩都不说话，徐舟兀自看着男友脸上的表情越来越阴郁，心里有声啼血的冷笑。是，她再不要她的生命里再有失去。她在童年时就将失去的味道尝够了。对她来说，保全比幸福还重要。

也就是在这个时候，徐舟出了事。

她近来常有背痛之感，偶感下肢发麻，仗着年轻作底，她没当回事。休完年假回去上班的第四天，她弯腰从办公桌最底下的那格抽屉取文件，突然背上一道刺痛痛得她扑倒在地，再未爬起。同事将四肢无力的她送到医院，一阵忙碌的检查后，她从医生几分欲言又止的神情里听到了自己人生的哀钟缓缓鸣起——急性脊髓炎，发现得已经太迟，不排除截瘫可能。

第三天，徐舟妈妈来了，拎着一个硕大手袋出现在她病房门口，脸上有种怯生生却又坚定的神情，一看就是来同她长期作战的。

在过去的二十几年里，她妈妈脸上这种怯生生的神情徐舟看过很多次。它曾出现在她的小学、中学甚至大学的校门口，后来又远远出现在她单位宿舍旁边。徐舟从第一次含着眼泪推开她妈妈跑开，到后来每次都是面无表情地从她身边路过，将一个陌生人该有的漠然演得淋漓尽致。

这一次，徐舟也同样没有开口叫她。但徐舟的沉默已经代表了她的不抗拒，这已经足够让她妈妈感到意外了。

徐舟看着那一抹从她妈妈脸上飞快交织掠过的属于孩童的欣喜和属于母亲的哀痛，心头闪过一道酸楚。徐舟想，她妈妈来的路上一定是想多了，她以为她女儿还有什么气节可以用？

徐舟看到了命运的残酷，也不得不接受自己的无能为力。

若不是实在无力自理，徐舟是很排斥被人这样亲密照顾的，更何况是被她长久怨恨的妈妈。

当她妈妈一脸怯生生地出现在病房门口，徐舟本来犹如死灰的心其实有了一丝波动，也有了一丝惶恐。

起初徐舟很怕她妈妈会和同病房一个年轻男病友的妈妈一样，趴在她的床头哭。但是她没有，她只是细心而温柔地照顾她。徐舟发现，除却望向自己时的那一点儿怯弱的眼神，她妈妈在别人眼里是一个即使是悲伤也悲伤得端庄优雅的女性。

她看着她妈妈在病房里穿梭忙碌，年近六十依然行坐板正的腰身，和她那喜欢塌腰驼背的老爸一点儿也不像。徐舟心想，原来自己到底是妈妈的女儿，她捡的是妈妈的根骨，一直以来别人说她身上的那股倔劲，原来是遗传了她妈妈骨子里挨打亦要站直的生活底气。

第三次在病房门口看到偷偷探头的继父时，徐舟开口喊了声叔叔，她告诉他妈妈去水房打水了。继父挂了一脸的笑进来，把一保温瓶鸡汤和一饭盒豆角焖面放在床头寒暄了几句就告辞了。徐舟这才知道她前些天喝的各种浓稠热汤原来并非来自医院旁边的某家餐馆。她看继父脚步匆匆，知道他一定是去水房看他久未归家的妻子去了。

出院那天，徐舟妈妈推着徐舟的轮椅，后面跟着拎着大兜小袋的两任丈夫，第一次进入了徐舟的房间。两个男人离开后，房间里剩下了这对母女。

对于命运安排的和妈妈的再度密切相处，徐舟发现适应起来没有那么难。

她们之间阔别了二十余年的生疏与尴尬，很快就消失不见了。

某天睡觉的时候，徐舟发现妈妈在轻轻抚顺她额前的刘海。她的记忆突然一梭子扎到了童年，她记得那时候她妈妈总是这样，温柔地抚顺她玩闹时弄乱的刘海。徐舟动了动嘴角，微微笑了。

继父隔三岔五来看徐舟的妈妈。她的继父颇有些怕她，每次都不进门，只在窗前的花坛里晃着等她妈妈出来。来的时候手里常常拎着东西，时令的水果、在家中给她妈妈收拾的衣服围巾都有，还有她妈妈爱吃的枣林那家的烤鱿鱼。徐舟看得出来，他是真疼她妈妈。有次居然还有点儿扭捏地从身后拿出来一小束裹起来的月季花，一张近暮年的脸上现出一抹与年龄不相符的羞赧，看得窗户后面的徐舟忍不住嘴角一弯，在轮椅上微笑起来。

那天徐舟妈妈在客厅把花插起来的时候，徐舟一边喝粥一边对她妈妈说："妈，以后叔叔来了进屋来呗，老在外面站着是个什么样子。"她妈妈忙不迭地"哎"一声，含笑的面孔上登时刷了几分红。徐舟一边喝粥，心里一边偷笑，突然发现自己心情原来不知不觉已经好了不少。

妈妈与继父之间的那些情愫，在徐舟记忆里，亲生父母之间是没有过的。

在徐舟坐在轮椅上的那段日子，她开始在回忆里平视妈妈离开她的那个秋天。她那时年幼，却始终记得妈妈曾私下对尚年岁懵懂的自己说过对不起。她那个曾经总是郁郁寡欢的妈妈在离开的前两天对她说，对不起女儿，妈妈首先要爱上活着，才能好好爱你。

她是在这二十余年后的秋天，在抹去恨意的阴霾之后，才突然明白了她妈妈的话，也体谅了一个即使争不到女儿的抚养权也决定转身离去的女人的心。

她也开始细想她和男友之间。

徐舟入院后，再未主动联系男友。他来看她，她态度也是极淡的，淡得像眼里看不见他。男友坚持天天来看她了一段时间，从徐舟尚在医院到她出院回家，见她的冷淡不改，后来就慢慢来得不那么勤了，但总归还在坚持着。

她想他果然是大家嘴里的那种典型老实人。他不爱她了，还在一直等待她的谅解。

她在她与他的回忆里，一次又一次地回想起她妈妈的话。首先要爱上活着，才有能力好好爱人。

徐舟终于开口同男友说话了，在他最后一次来的时候。她微笑着看着他，温和而坚定地同他说分手。

她对他说，她躺在这里的时候，想了很多，理解了他的不爱和离开。她感谢他最初给过她的陪伴和温柔，最后又给了她诚实。这世上的爱都没有规定保质期，他已经给了她爱情，也给了她足够的尊重。对她来说，其实已经足够幸运。

那个老实男人蹲在她的轮椅前哭了。

徐舟知道，他哭完后还是要离开，但她的心已经不疼了。

她知道，万事都有收梢。她生命的这些相逢里，它们赠以她的收梢够好了。

日子一天天过去。于徐舟来说，这年的秋天过得似乎特别缓慢，好像半生的故事都发生过了。

徐舟每天在妈妈的扶持下积极做康复训练，接受下半身截瘫的可能，也热情地期待着自己有一天能重新站起来。妈妈每天在女儿的房子里忙碌，打扫卫生、浇花，有时也会停下来沏一壶红茶同徐舟慢慢喝。继父时常来看她们，对徐舟有种爱屋及乌的怜爱。

听说今年的冬天会特别冷。这几天，徐舟的妈妈在给她织一件厚毛衫，是徐舟最喜欢的浅蓝色。好几个早晨，徐舟醒来的时候，就看见妈妈坐在早晨的阳光里有条不紊地织着那团浅蓝。

徐舟不知道，这个寒冷的冬天，她能否靠自己那双目前依然肌无力的手亲自穿上妈妈织的这件蓝毛衣，她甚至不知道今生能不能。但她的妈妈还是那样一针一针仔细地织着。

而她，一眼一眼贪婪地盯住晨光里的妈妈，像弥补那些曾被浪费的、无睹爱流逝的时光。

姑娘
吃素的

城市 ● 香格里拉

但凡曾被爱过，不再轻言孤独。

　　云南是肉食者的天堂，满天飞的牛羊肉干巴、汽锅鸡、腊排骨、抗浪鱼、鸡肉烂饭……我和驴友们一个个吃得乐不思蜀。只有一个清瘦姑娘，走哪儿都只守住眼前一个素菜碗，吃得清清静静。有人问她是不是信佛，或是有什么少数民族忌讳之类的，姑娘笑笑，摇摇头。

　　在香格里拉入住客栈的时候大家扎堆在前台登记，姑娘钱包里的一张一寸照片掉出来，上面吹气球般如满月的喜庆脸庞，一望即知是几年前的模样。

　　同行的驴友纷纷逗姑娘，笑她居然有那样圆滚滚的时光。也有人笑言，怎么青菜萝卜也这样养得起人？

姑娘笑笑不说话，拿回那张照片塞回钱包，转身眼眶却有点儿红。

那晚，大家在旅店放下行李就匆匆踏着夜色跑出去闲逛，生怕错过一晚异域华歌。我和姑娘搭伴，闲闲转了几条街，进了一家没几个人的小酒吧喝青稞酒听歌。

年轻的歌手长发低眉，深情沉吟，从《红河谷》唱到邓丽君，嗓音平平，算不得出众。末了，他开始唱一首自己编曲的歌：

"姐姐，今夜我在德令哈，夜色笼罩 / 姐姐，我今夜只有戈壁 / 草原尽头我两手空空 / 悲痛时握不住一颗泪滴 / 姐姐，今夜我在德令哈 / 这是雨水中一座荒凉的城……"

是海子的诗。吉他音弦催拨下的一声声姐姐，听得我心摧折。

坐我对面的姑娘，突然间就泪水瓢泼而下。

她曾经是最爱吃肉的姑娘。

她生命里没有"妈"这个字眼，她几个月大的时候，妈妈就扔下一双女儿跟着初恋跑了。但她并没有觉得生活有多少缺失，因为她有一个肯陪她爱她的姐姐，还有一个好爸爸。

她爸爸是个酒店的厨子，人家都说厨子最烦回家做饭，但她的爸爸不是。给她和姐姐做饭，爸爸从来没有一点儿马虎。别的厨子在中餐收档晚餐开始前那点儿时间都用来补个午觉或者扎堆在厨房打个纸牌，她爸爸每天都踏着电驴风风火火地往家赶，给他最宝贝的一双女儿做晚饭，做完又匆匆往酒店赶。她最爱吃爸爸做的毛氏红烧肉和酱香牛肉。红烧肉油光滑润，入口即化。酱香牛肉用的一定是黄牛腱子肉，也不知爸爸放的卤料与别人有什么不同，格外馋人，怎么也吃不厌。她和姐姐每天下午放学兴冲冲跑回家，两姐妹常常在路上就会猜测晚上吃什么，最期待的就是揭开锅盖的那一刻。姐姐从来都让着她，碗里最后一块肉总是她的。

这样的日子在一个下午戛然而止。那是一节地理课，她正上着课被老师叫了出去，外面走廊上站着三个人：表叔、爸爸的一个同事和她那一脸茫然又惊惶的姐姐。她像做梦一样，听表叔告诉她，她们的爸爸在从家到单位的路上出了车祸，人从电驴上被撞出去八米，当场就没了。

那天她和姐姐浑浑噩噩地被领到殡仪馆，跟着几个亲戚为爸爸办了一些手续。没人带她们去看爸爸，她和姐姐也都没有提。她后来在回忆里千百次都分不清自己当时是忘了还是根本就没有勇气。而那年，姐姐也不过是一个年仅十一岁的孩子。在殡仪馆，姐姐不停地扯着袖子抹眼泪。她连哭都没有哭。

关于那天，她记忆里最清晰的，是深夜她和姐姐回家后，她习惯性地走到厨房拎起锅盖。锅里用来保温的热水早已凉透，里面是一碗冷冷的泛着白油的红烧肉和一碗肉末茄子。她好像是在那一刻才突然反应过来，这是爸爸在这世界上留给她们的最后一顿饭了，爸爸做的菜，以后再也不会有了。

她听到自己嗓间蹿出来一个又细又尖的哭声，奇怪又陌生，身边的姐姐一把搂过她，眼泪滑进了她的脖子。狭窄的厨房里，她拎着一个锅盖，与姐姐抱成一团放声大哭。她还没认真想过离别，死亡就这样来了，擦着她心脏最近的地方，呼啸着给她一记冷拳。

后来，她生活里的厨子，就变成了姐姐。

肇事司机赔了一笔钱。有平时来往甚少的远房亲戚愿意监护她和姐姐，姐姐拒绝了。晚上睡觉的时候，姐姐搂着她告诉她，如果没有那笔钱，他们是不会愿意做她们的监护人的，而那笔钱是用来供她上大学的，谁都不能给。她发现姐姐一夜之间长大了，成为了一个主意笃定的成年人，打开臂膀为她遮风挡雨。

十一岁的姐姐开始系起围裙，给她做蛋炒饭，下阳春面，也学着做红烧肉给她吃。第一次，姐姐把肉烧糊了，大部分肉都在油里炸得像黑碳一样，完全没法下咽。她和姐姐守着小餐桌，从里面挑出没完全碳化的一点儿肉块出来吃。再后来，慢慢地，姐姐烧的饭菜就有些样子了。姐姐的红烧肉和酱香牛肉做不出爸爸的味道，但姐姐有自己的拿手好菜，她最爱吃姐姐做的火锅鱼，那是姐姐在书店翻菜谱学来的。姐姐在饭桌上掐着她胖嘟嘟的脸开玩笑说："多吃点儿，猪养壮实了才好出栏嘛！"姐姐眯起眼睛笑的爱怜样子，小大人一样。

爸爸走后，姐姐就再没有在校园里跳皮筋跳房子的时间了，周末也不再和她的小姐妹来来往往地去对方家玩了。姐姐的时间要用来买菜、做饭，应付家里的卫生等杂务，而学习和作业，姐姐都尽量在学校完成不带回家。从爸爸离开的那一年开始，姐姐就不再是她的姐姐，她是她的爸爸，也是她的妈妈，是她在这世间赖以生存的全部屋檐。

姐姐中考的时候报考了一所中等师范学校，毕业后去了一所乡村小学教书。她却在姐姐的支持下一路上到了研究生。

她知道，爸爸拿命换的那些赔款早在她高中毕业前就已经花得一干二净了，后面那些年花得全是姐姐靠那点儿微薄工资攒下的。姐姐早早算好了这笔账，所以成绩比她更优秀的姐姐那时选择了中师，学年少，挣钱快。

她不爱跟朋友说起家中的这些变故，因为在她的经验里每个知道她经历的人总会露出悲悯的神色。她不喜欢那神色，因为她真的没有觉得自己有多不幸。这世界上能有的好，姐姐几乎都给了她。对，就是她那个瘦瘦小小的姐姐，站在她跟前比她还要矮上半头的姐姐。

在学校时，别人有的漂亮裙子，她也有，姐姐买的。一些别的女生没吃过的小零食，她抽屉一拖出来一大堆，都是姐姐从网店买给她的。大四那年，她犹豫要不要考研，姐姐就从 QQ 里发了一张存折的照片给她："你上研一的钱已经攒好了，秋宝，你想不想考研？"她名字带个秋字，姐姐一直把她叫秋宝。

她几乎很少感觉自己的生活比别人有缺失，除了在想起爸爸时心里的那些钝痛。

她在学校人缘很好，有很多朋友。他们都很喜欢她胖嘟嘟的脸总是笑眯眯，他们都说秋宝一定是家人捧在手心人长大的，被人疼大的孩子脸上才总是那么明媚。那时候，她就在心里想：对的，她就是姐姐疼大的，她脸上的笑也都是姐姐给的。

她工作后，姐姐就辞了没编制的乡村老师的工作，来到她身边，两姐妹想一起在这偌大城市里扎下根发出芽来。

姐姐来了以后她搬出集体宿舍，租了间旧民房和姐姐一起住。租好房子那天，姐妹俩一起拎着漆，给她们的"新家"刷墙壁，一边刷一边合声唱歌，快活得不知东南西北。她觉得她和姐姐在生活里跑得足够快了，已经可以把那噩梦般的过去扔到身后去，开始她们彩虹般的新日子。

但是谁说过呢？快乐的时候不要笑得太大声，因为命运会听见。不久之后，它就贴在她的耳畔，吹给她冰寒彻骨的气息。

在那之前，她从没正视过自己的体重问题。因为馋的缘故，从小到大，她一直都胖，肉嘟嘟的脸和肚子好像从来就没离开过她。爱吃肉，爱吃冰激凌，爱吃巧克力，各种各样的零食她从来都不离嘴。小时有爸爸疼，后来有姐姐惯，他们都纵容着她，捏着她鼓鼓的脸蛋称她可爱。她好像生来是少心眼的姑娘，有姐姐这样宠着，就觉得一切都没什么，生活里有些角色缺席没什么，胖一点儿没什么，工作找得差一点儿没什么，没有男友也没什么。反正姐姐说的，人生不可能完满，开心就好了。所以，即使是在工作后，单位有同事给她取绰号"小笼包"，她也笑嘻嘻接受，不觉得有什么大不了。

在医院，当她饱含期待望向医生，而医生凝重地望着她的敦实身形摇了摇头的时候，她全身的脂肪都在那一刻变成了一个扇向她的响亮耳光，"胖"变成了她在生命中最憎恨的字眼。

因为姐姐。

就在来到她身边不久，姐姐突发急性肝坏死，肝功迅速衰竭。她是最佳的供体，与姐姐配型成功，却因查出脂肪肝而不符合捐献条件。

唯一的办法是快速减重。她开始疯了般地锻炼、跑步、做平板撑，每晚一上床先做一百个仰卧起坐，早上起床时再做一百个。家里所有的零食她都拎到单位分给了同事。吃饭时也只吃素，绝不碰半点儿荤腥。

她从来没这样迫切地希望看到自己瘦下来的样子。别的女孩减肥是为了美，为了健康，为了男友，为了走向更美好的林林总总。而她，是为了留住她在这世上的最后一个亲人。

姐姐终于还是等不了她。四个月后，姐姐在最后一次被急救的时候走了，她跪在重症监护室外号啕大哭，她喊"姐姐你等等我啊，姐姐我在变瘦啊，你再多等我几天好不好，姐姐我为什么要这么胖啊为什么要长这么胖，我怎么好意思活得这么胖……"那一刻的她活像《知音》里的女主角。

站在过道口的几个医生护士病人家属都陪着她抹眼泪。那时候她的体重已经急减了十多斤，姐姐再坚持一下，她应该很快就能给姐姐捐肝移植了。但是那一天，姐姐走了。

她想，上天真是残酷啊，它一次次夺走她身边爱她的、她爱的人，她用那么多没心没肺的快乐也抵挡不过它的无情。

姐姐走后她一度觉得人生无趣，完全找不到生活的目标和意义。

她辞了职，窝在和姐姐一刷子一刷子漆白的小房间里，除了马不停歇地看电视剧就是昏沉入睡，冰箱里只囤了土豆和生菜，饿了就吃生菜沙拉或煮土豆。她不再爱吃肉，每一道肉食里都牵扯着太多关于姐姐关于家的记忆，她害怕自己是在蚕食记忆。

她一集集追电视剧，只为了不让自己的大脑有时间停下来思考。她害怕任何一个瞬间都会提醒她命运的残忍和不公，她害怕在回忆里看到那一场场锥心蚀骨的死别。

直到有一天，她打开了尘封已久的 QQ，发现姐姐的头像竟然在跳动。那是姐姐在去世前两天发给她的。姐姐说："秋宝，有些话，姐姐不好意思当你面说，我们姐妹在这里聊聊吧。有时候我想想也真觉得命运有些过分，小时候听别人说我没妈的时候、爸爸走的时候、我刚查出病的时候。但是每次想到你，还是觉得感恩。因为你，我生命中所拥有过的美好并不比别人少。这次如果真的不能再陪你了，我是说万一，万一。那秋宝你要原谅姐姐。秋宝，我最喜欢看你笑起来的样子，你一笑我就觉得这世界没什么事情大不了。以后就算没有姐姐陪，秋宝也要一样笑得那么好看啊。秋宝，前面的路不是你一个人的，说句俗气的话，你要代替姐姐一起幸福。秋宝，不要愧疚，这不是你的错，这是姐姐的命。如果你愧疚，姐姐会难过。秋宝，姐姐以前碰到不如意的时候，总是劝自己不要放弃，因为身后有你。如果姐姐离开了你，秋宝，你也要这样想，以后即使有碰到不如意的时候，也永远不要放弃自己，因为你不知道前方会遇见谁，会想对谁负起责任。秋宝，相信姐姐，前面会有那个人，你想要温暖和想要温暖你的人。没有人生来孤单。秋宝，你会幸福。"

她坐在我面前，举一举杯，笑容里荡出青稞酒的甜醉。

姐姐走后，她不再爱吃肉了。

她开始走很远的路去看以前从未见过的美丽风景，她在路上认识了很多有意思的人，见了很多有趣的事。她知道这些风景、这些人、这些事，是另一双眼睛之前也未曾见过的。更多的时候，她留在她和姐姐的城市努力工作，经营生活，期待明天。她知道，若是姐姐仍在人世，姐姐定会如此生活。如今，她的肩膀上放着两份幸福，姐姐没走完的路，她替她走。

歌手在昏暗灯光里仍轻轻歌唱。

"今夜青稞只属于他自己 / 一切都在生长 / 今夜我只有美丽的戈壁 / 空空 / 姐姐，今夜我不关心人类，我只想你 / 姐姐，今夜我什么都不关心，我只想你。"

姐姐，这个世界，今夜有多少人欢笑，就有多少人痛哭；有多少人悲伤，亦有多少人在欢乐。姐姐，世事如此无常，我曾拥有的，我一一目睹它们失去；我未曾期待的，它们一一不约而来。姐姐，生活是这样不可捉摸的谜题，我永远不知道明日等待我的是什么。但是你使我懂得，姐姐，时间取走河流，大地留下温情的河床；农人收割庄稼，土壤拓记丰收的秋痕；命运带走你，你在我心里播下温暖的坚忍。从此，我不孤独。

世事无常，只要还有谁的牵挂在流淌，那走向幸福的笃定脚步就不会停下。

只为我们，但凡曾被爱过，不再轻言孤独。

老郎
牌桌上的

城市 ● 成都

孤独却让人始终期待新的相逢，一路都是悲伤的陆续离场。

成都嘛，出了名的麻城，走到哪儿都是一片欢快地哗啦哗啦洗牌声。我就听过一个成都人开玩笑："你坐在飞机上，飞机开始降落的时候，听到一片麻将声，那一定是成都到了嘛！"

我们家在成都的亲戚朋友多，但7岁以上不会打麻将的我一个也没见过。岂止是会打，光是我朋友家那个9岁的小鬼头就很懂得盯牌了，更不要说我三姐大妈小舅那些个老狐狸了，他们一个两个的经常打着打着嫌桌上谁出得慢就张嘴把人家手里的牌报得个门清："想啥子嘛，你手里的三饼九条反正都没人给你碰的，你随便拆一对嘛！"听得我们这种牌场"大宋""小宋"一脑门子汗。

不过也有打得臭的，像老郎，简直就是川麻界的扶贫良心。

老郎五岁时就能认清全副麻将了，他奶奶爱麻将入骨，一天到晚带着老郎泡在牌桌上。老郎经常要钱买零食雪糕什么的，奶奶有时怕他吃多了会坏肚子不肯给，他就站在奶奶背面背起小手来慢条斯理地念奶奶的牌："幺鸡，二条，哦哟，不得了，我奶奶有三个二条……"奶奶就忙不迭从裤兜里掏出钱来："好了好了，莫念了，我的小祖宗……"

老郎家不缺钱，他爸爸做生意，也算得上他们家那一片有头有脸的老板，除了没什么时间和精力给家里，家用还是给得很大方。

街坊邻居都知道老郎爸爸在外头有"花头"，老郎他妈妈闹过几年，见情形自己知道管也管不住，索性睁只眼闭只眼由着老公去了，自己一天打扮得花枝招展地也往外走，眼不见心不烦。反正每天约着姐妹们打牌逛街的，干的都是花老公钱的事，多少有点解气。

老郎妈妈不是那种特别喜欢小孩的妈，事实上，老郎从断奶后便一直是由他奶奶带着睡的，他妈妈抱都很少抱他。有时候他妈妈心情难得好，也会在进家门时抱着儿子吧吧地亲两口脸蛋，搂在怀里喊声："我的宝贝哟！"但后来端起他脸来看，又常常会忍不住捏捏他的脸："你长得怎么和你爸那么像呢，一点儿也不像我！"手虽有些重，小老郎也没有感觉脸蛋很疼，就是那个失望的眼神，扎得老郎心里很痛。后来他妈妈再抱他的时候，老郎更愿意背对着她窝在她怀里，偷偷盼着能在她怀里多待一会儿。

老郎九岁的时候，他爸妈离婚了。大家一直都知道老郎爸爸在外头女人是很多的，结果被现场捉奸的却是老郎的妈妈。她天天逛街，就跟商场里一个卖名牌包包的男售货员好上了。大家都说没想到，老郎妈不仅出了轨，还找了个卖包的，不过那男人倒真的是年轻又好看。老郎爸爸脸上挂不住，麻利地办了离婚，老郎妈妈只分了一点儿钱，儿子也没争抢，麻利地拎着两只行李箱就走了。老郎觉得他妈妈走得其实有点儿解脱，她可能早已经不想在这个家待了，只是一直缺一点儿勇气。事后很多年印证了他的想法：当年给老郎爸爸"点炮"让他去捉奸的他那个朋友的老婆说，那天的事是老郎妈自己让她去说的。

老郎妈那天走得唯一有点儿不洒脱的地方，就是出门前定定看了老郎很久，把老郎看得心慌慌的，心里头藏得深密的一包眼泪都给她看出来了。他妈妈又捏了他的脸，不过那次很轻，一点儿也不疼，也没有埋怨他长得像他爸。

老郎妈妈走了，离开了成都，也没有同那个年轻好看的销售员在一起。她走了就再没回来过，就像没生过老郎这个儿子一样。好多年以后听说她在重庆再婚了，后来出国了，跟着继女去了新加坡陪读，母女俩感情很好。

老郎那些年照镜子常常会照着照着就忍不住伸手捏自己的脸，有点儿像小时候他妈妈捏他一样。他有点儿恨这张脸，他觉得说不定就是因为这张脸长得和爸爸太像，他妈妈才不喜欢他，才不要他这个儿子，宁可喜欢一个别的女人生的女儿都不回来带走他。

再后来，老郎再长大些，就不想着等着被谁带走了。他只想好好地守着奶奶。看着奶奶一天天年纪大起来，高中生老郎最害怕的事情就是有天奶奶会死。

老郎奶奶是个麻将迷，就早早把老郎也教会了。老郎中学时是走读生，每天中饭晚饭都回家吃。每到饭点儿老郎不用回家，径直先走进家后面的麻将馆，奶奶一见他来了就招呼牌友："我孙子替我摸两把，我回家做个饭。"每次不到半小时就回来了，自己那口饭也草草扒过了，换老郎下桌回家吃饭。

奶奶这么赶，也是怕老郎把她的牌码输干净。虽然老郎被奶奶熏陶得麻将打得早，技术却一直并不高明。就跟老郎念书一样，每天早起晚睡很老实地坐在书桌前，成绩却总是上不去。老郎奶奶也觉得很挫气，却舍不得像别人说得那样，承认自己孙子的脑壳其实并不灵光。

奶奶麻将瘾大，有时老郎同学周末来家里玩，奶奶也要拉着几个十几岁的愣头青打两把一毛两毛的。奶奶还爱喝点儿小酒，也随手给老郎和他的同学斟上。老郎几个要好的同学都很喜欢老郎的奶奶，感觉她待他们像待大人一样平等，虽然兜里的几个零花钱经常在麻将桌上掏得精光，但还是很喜欢来老郎家玩。

老郎在高中时看着奶奶一天天花白的头发、下弯的腰，突然开了窍似的害怕老天收走她。老郎后知后觉地发现自己真正的亲人好像只有奶奶一个了。

但害怕总归是没用的，生老病死的规律谁也反不了。老郎大一的时候，奶奶还是病死在医院里。老郎从学校闻讯赶回来，一个十九岁的大小伙儿，在大巴车上一路眼泪流得呼呼的，邻座的大妈心善，以为小伙子失恋了，劝了他一路。

到了下葬那天，老郎的爸爸带着后妈满场咿咿呀呀地哭，老郎倒是哭不出来了。去墓园的路上奶奶的骨灰盒是老郎抱着的，他一路上抱着那个沉沉的小盒子，一脸木麻麻的。他一直在想着他奶奶住院前最后一次见他时，想要带他去商场买一块好手表，他舍不得花奶奶存下来的钱，硬是没要。现在想来，那是奶奶想给他个纪念。老郎看着手里的骨灰盒，悔得肠子都青了。

但其实，奶奶还是给老郎留下了很多纪念的。比如说，上了大学的老郎特别爱打麻将，没事就在宿舍里和舍友们打，把原来不会打麻将的几个舍友都教会了，后来经常自己输得生活费都没了。

上班以后，老郎也还是爱打牌，经常下班以后就和公司里一些同样爱打牌的同事约了去茶秀棋牌室，打起来神情投入，但还是十打九输，公司人称"散财郎"。老郎牌品好，输再多也不上心不甩脸，只要有牌打就乐呵呵的，麻将桌上的钱从不拖欠，在一起打牌的同事间人缘很好。

老郎在公司做销售，业务水准一直平平，属于月月饿不死也出不了头的那种。后来来了个不按寻常套路出牌的新领导，跟老郎打了几回牌，慧眼识珠，派他专门去陪客户打业务牌。

事实证明那位领导很有伯乐之才。老郎去跟客户打牌，每次都打得聚精会神全力以赴，脸上的微笑端着如同应战高考的认真，但几乎每次都以战败结束。客户们都很喜欢他，暗地里都觉得他比别的业务员都懂事，没有一点儿蔑视他们智商的虚伪恭维。

公司领导很满意，批准其他销售员带着老郎出入牌局。他自己也甚是乐而为之。老郎就这样以一种分工比较奇怪的工种在销售部牢牢扎住了一角，为了让客户感觉受重视，公司还为他挂了销售部副部长的头衔。老郎在公司挣得不算多，但日子来得比绝大多数同事都轻松快活。

老郎从小就常听周围人说他脑子不太灵光，听多了，老郎自己也信了。

他记着他奶奶的话："这世上拔尖儿的人多了去了，跟别人抢出那头干啥，再拔尖儿也就是在这世上走一趟，左右不过几十年，自己过得心头舒服就行了。"

老郎不爱跟人争，谁同他犟嘴，他笑一笑就让过去，别人再把他逼急了，老郎就说："好嘛，你对你对，你说的就是对的，你不要同我这种不灵光的人计较。"别人看着一脸谦恭的老郎，完全不知他葫芦里卖的什么药，总之一点儿斗势都没有了。

老郎一直也没有好好谈过恋爱。上学时先后暗恋过两个，也总觉得人家太好看太优秀，是要配脑子更灵光的男生的，老郎就没张过口。

看着老郎三张了，他那帮好心的麻友同事们替他心急张罗起来了。老郎去相了第一回亲，就相上了。那姑娘看上老郎老实，问啥答啥，嘴里没半点儿油滑，像是个实在过日子的。后来两人交往，知道老郎之前根本就没谈过恋爱就搞了两回暗恋，姑娘扑哧一下笑了，一把头戳在老郎脑门上："哎哟，你这里还真是有点儿不灵光的。"

那姑娘后来就成了老郎老婆。

老郎结了婚，对麻将桌也不上心了，除了业务牌谁喊他支腿也喊不动，大家笑老郎离了老婆迈不开腿，是麻将桌上的一条废腿了。

老郎确实黏老婆，下了班没事就往家冲，不知道的人看他那模样还以为他家着火了。自打娶了老婆，每天回家灯是亮的，饭是热的，晚上睡觉胳膊弯里是满的。老郎幸福得有点儿兴奋。

舌头向来懒的老郎对着他老婆话就特别多，从小到大讲了个透，有些时候记不清了有些事就翻来覆去地讲。讲到他妈妈走的那天，他老婆听了也抹眼泪。多半时候老郎讲的还是他和奶奶之间的事，关于奶奶他记得最清。

结婚一周年纪念日的时候，老郎老婆给他准备了份大礼，是块瑞士手表。老郎老婆把那块表戴到他手腕上，说："这是我替奶奶送的，以后你就当它是奶奶买的。"老郎一把搂过老婆，一把中年男人的眼泪就下来了。

就因为那块手表，老郎后来不肯想老婆的半点儿不好。他知道，至少在那个时候，她是真心实意爱过他的。他就恨那个比较无情的东西叫时间。

两人蜜里调油地好了两三年，然后老郎老婆就越来越心不在焉听老郎说话，后来样子也不太想做了，他来她就扭身走。当一个人心里没了另一个人的时候，他在她面前每个动作都是纰漏。结婚第三年，老郎老婆不怎么回家了，这样扛了半年，两人就离婚了。老郎老婆离婚的理由是性格不合，觉得老郎太老实无趣，在这个世道上吃不开。

老郎有很长一段时间都想不通，她当时看上他时不就说看上他老实吗，怎么就成了离婚的理由了？两个人以前也是那样好过的，怎么就是性格不合了？

他的牌友们都来开导他，当初给他俩做介绍的那个人开导得最好，他说："离婚嘛，总是要有个理由的嘛，说性格不合很尊重人了嘛！莫说是性格不合，就是说性别不合，人家没了凑一起过的心，你也得离不是？"老郎寻思了一下，也是这么个理，左右是离，人家好歹还讲点儿离场礼仪。

离婚的老郎又回到了牌桌上。

不知道是不是应了昭觉寺门口一个相面先生的话，他的赌运要一路衰到三十五岁。离婚这年老郎刚好三十五岁，再昏天暗地地回到牌桌上，手气就出奇的好。以至于他现在再去打业务牌，就真的需要小心翼翼地查牌放水了。

老郎现在比结婚前更爱打牌了，以前麻将只是他找的乐子，现在麻将就像他的救命稻草，他见三个牌友都到齐了就恨不能扑上去给他们热烈拥抱。老郎离婚后得了很严重的失眠，反正晚上回得早他也睡不着。

大家看着老实人老郎每天神情憔悴地守在牌桌上，于心不忍，又一个两个地动了心要给他介绍相亲。老郎摆摆手说："我一天牌桌上坐着，忙得很，哪儿有时间陪女人。"老郎说完，又同人家开玩笑："老子可上过一回当了，女人那么麻烦的，哪儿有麻将好耍哦！"大家就在哄笑里把心放了下来，知道老郎到底元气还在，走出来是迟早的事。

大家不知道的那点儿小事，是小时候听多了鬼故事一直特别害怕鬼的老郎发现，人到中年时的失眠比鬼还可怕。

那些睡不着的深夜，他就睁着眼睛看着窗帘缝隙里透进来的月光是怎样在墙上高高低低地走，一直看到早上黄澄澄的朝阳透进来。

在那么长的寂静里，老郎有时候也会伸手去摸摸手腕上的那块表。

老郎在心里叹口气：还是狗日的麻将好，不管怎么变，规则对桌上的四个人来说都是一样公平，而且讲好几点就几点，中间没人会自作主张离场的。

不像这世上的人啊！

悲伤如林
这世界
只可惜

城市 ● 拉萨

这世间悲伤如林，无须每种都面目生动。

　　朋友里有一个女驴友，这些年别的姑娘都忙着结婚生子，只有她一个人没心没肺地自我放逐在祖国的大江南北，而其中绝大多数时间又都是在她所偏爱的人烟罕迹的藏区。这几年里我与她的会面基本都靠照片，照片上的她常年一身冲锋衣，晒得黝黑的脸一笑露出一溜皓白牙齿，真正黑白分明。任谁见了，都忍不住叹一声这妹子纯天然野生。

　　而我始终记得初次见她时的情形，那时的小嚓并非这番模样。

　　2009 年的夏天，小嚓是一所中学的英语老师，垂肩长发，眉目清秀。

　　新婚在即，从小都是乖乖女的她突然想独自出来看看世界，于是就订了一张飞拉萨的机票。在当时拉萨的一间青年旅舍里，小嚓是那个站在我对面白白净净笑起来有点儿羞涩的姑娘。

　　在拉萨的那几天，正是游客稀少的时候，我们俩占领了青年旅舍里五张床的大房间。拉萨夏日的天空黑得极迟，到深夜才有暮色感。屋顶上老板养的几头藏獒一天总要嗥上那么几回。每天无论早晚，我们上楼顶晾收衣服的时候，它们就在铁栏杆后面瞪着傻呼呼的黑眼睛看我们。对视得多了，天哪，居然从它们直愣愣的眼神里看出了点儿温柔。

　　旅馆门口有家藏族小夫妻开的面馆，卖牛肉面和他们自己酿的青稞酒。我和小嚓每天晚上过去吃一碗面，挑着面里的牛肉丁喝上二两酒。面馆的老板娘喜欢我们，第一次笑眯眯地劝我们说"女孩子嘛不要喝酒的嘛喝酒不好的嘛"之类的话。后来不劝了，每次我们去都笑眯眯端上两碗青稞酒，给我们的两碗牛肉面上的牛肉丁堆得冒顶。

　　坐我对面的小傻妞小嚓，之前的小半生居然没碰过酒，和我在一起第一次举起酒杯一口酒下肚眼神就变得亮闪闪的，一看就是个天生的酒鬼。人喝多了，话就多。小嚓给我讲了她从小到大按部就班的乖乖女人生，讲了很多小笑话小梦想，唯独只言片语带过她的未婚夫。在那些只言片语里，神态语调却让人一望而知她深爱着他。

有天喝酒喝到一半，小嚓突然指指门口："你猜路过的第七个人是男的还是女的？"我还没说话，小嚓又说道："如果是女的，我就回去结婚。如果是男的，我就分手离职畅游西藏。"一脸云淡风轻。

要不是那几年见的奇葩的人多，我当时可能就被嘴里那口青稞酒不争气地呛死在小面馆了。

我们俩杵着筷尖数着门口的路人，一二三四五六七，好嘛，拐进店来一对穿着藏袍的父子，五六岁的小男胖子对我们喜眉喜眼地一笑，圆滚滚的脸蛋上还挂着两道鼻涕印子。

我当时心中亦满是纠葛。就这样，拉萨一别后，我嫁了，小嚓分了。

七年后的今天，我为人妻，为人母，四岁小儿成天淘气得鸡飞狗跳。

小嚓呢，自那次西藏一行后，回去分手、辞职，开始马不停蹄地出门旅行，后来索性做了长年在路上的纯种"野驴"。至今还云阔天高地飘着，牛羊野花，远山湖泊。

她的 QQ 空间相册里有很多照片，我时不时会想去看一看。在那些我到过的没到过的遥远美景里，藏着她小小的身影。我最喜欢的一张是她躺在草原的野花里，双手枕臂闲望远处的天空，那照片里连那一点儿小小的孤独都带着天地安然的舒服味道。

我心安处即为家，离开了那个生命中最爱的人以后，小嚓找到了她自己。

多年后，小嚓来西安的时候，我带她去城墙边一家小酒馆喝酒。她坐在我对面，晒成一颗快乐的俊俏卤蛋。

往事如风过隙。

当你很爱一个人，你会用什么样的方式去拥有他？那年小嚓选择的是离开。

他是她妈妈同事的儿子，小嚓第一次在妈妈办公室看到他时才七岁，大她两岁的他伸手递一块巧克力给她："妹妹，你好。"小大人样。

小嚓从小就喜欢他，这个大人眼里一直以来的优等生哥哥。

哥哥，喜欢的男孩，爱着的人。她对他的情感在暗处慢慢跟着成长一起蜕变。上他上过的高中，考他所在的大学，大学毕业后跟着他的脚步回到他们从小长大的城找一份清闲稳定的工作朝九晚五。小嚓走在他的轨迹之后，他是小嚓小半生里唯一清晰的路标。

她不声不响等了他十九年，等他用青春尝遍分分合合，终于等到与他手牵手出现在彼此家人朋友面前。

幸福来得这样不易，但小嚓的心在突如其来的幸福来临时却并不能感到安定。他温柔的笑容里有她无法逾越的玻璃城池。

结婚前夕的某天，小嚓脑海里像有个声音在提醒她：看他手机，快看他手机。

从小家教优良极重视别人隐私的小嚓，生平第一次鬼使神差打开了他的手机。她点进未婚夫的微信，几乎是没有意外地看见了他发给前女友的信息。他说，他要结婚了，他还对那边的人说，原来此生真的不是你，那么和谁都一样。

那句话像冰棱一样将小嚓的心凿了个洞。她看见了自己那么多年一直以来不敢去触碰的谜底。他不爱她。从未爱过。

她突然厌倦了漫长的等爱的光阴，厌倦了长久以来为了追随他所选择的一切生活，厌倦了她按部就班的生活，厌倦了她从来没真心喜欢过的小城生活。

那一年，她逃也似的到了拉萨，然后在一家小面馆里做了选择。

在远方，这是小嚓年少时向往过而之前从未敢实现的生活。起初，她这近乎野性的一面让她的家人和故友都大吃一惊。

但是小嚓的确快乐。她好像天生就属于湖泊和草原，属于藏地梵音钹钦的美。

狠狠游荡了几年之后，她入股了分别位于拉萨和香格里拉的两间客栈，与她在路上认识的几个关系颇好的驴友合伙人轮流驻店打理，每年停留在客栈的几个月也过得气定神闲。

"如果不是爱过又失去，也许不会有勇气知道天地这么美。"对面的小嚓对我说，"如果当时不退婚，今天可是我们结婚七周年。"

"后悔吗？"我问她。

她摇摇头，调皮地吐吐舌头，说："失去一个人并不可怕，一辈子都在等爱的人生才可怕。"

暮色四合，檐灯暗淡，在城墙扑下的灰色阴影里，她那俏皮的微笑面容读来，依然有种模糊悲伤。

我面前的姑娘，娇小的身板里藏着许多的勇气。在她这些年只身涉过的荒野里，她见过老定日美丽的星河，见过林芝漫天桃花纷飞，见过梅里的日照金顶，见过西双版纳野象谷里跟在母亲屁股后面蹒跚穿行的小野象。她见过了这天地间许多需要勇气更需要运气才能见证的美丽，却再也没有见过那曾近在咫尺而又终归远隔一生的他。

在重逢这件事上，爱比不爱来得更残酷。

"前方没有那么可怕，"那一晚醉酒的小嚓说，"不过是前路漫漫再无君。"

我懂。

这世间悲伤如林，无须每种都面目生动。只好举杯啊只好举杯，
且看这夜色深远，温柔匿尽我们悲欢难言的面容。

深夜路边摊上的男人

城市 ● 敦煌

人生际遇百般，总有一番慈悲作底。

三十岁这年，他是敦煌街道上的一个夜摊老板。雇三个帮手，每晚沿路边支开的蜂窝炉有十二个，在附近几条街里的涮串摊算规模最大的了。热了，撩一把 T 恤的下摆擦汗，晒得黝黑的腰腹就晾在风里；手里活儿急了，放开嗓门招呼起打杂的伙计来，半条街都能听见。人都这样，一忙起来就什么也顾不得了。

这当然是二十岁时的他想不到的。

二十来岁的他在霓虹喧天的上海，打三个耳洞，周一到周五做写字楼里的吉米，衬衫窄腿裤黑皮鞋，风衣一定是 Burberry（博柏利），春风得意马蹄疾；周末做朋友堆里的大周杨，破洞牛仔裤配鳄鱼恤，套上 Tommy Hilfiger 皮衣，邀几个哥们一起去混酒吧，请长相七十分以上的妹子喝酒，一瓶洋酒抵电脑桌前一天薪水。

　　在他的老家敦煌，那个被戈壁黄沙四面围簇的城市，人们都像骆驼一样敦厚耐苦。他父母开一间小小杂货铺，为了增加收入，他爸爸还经常在旅游高峰期去景区给人牵骆驼。

　　家境虽然不佳，父母对他却是疼爱的，同学们拥有的，只要不算太离谱，他们都给他买。篮球足球山地车，衣鞋那时流行阿迪耐克，该有的他都有，父母没让他在学校因为钱受过委屈。

　　那时吃夜宵的人并不多，收入平平的家庭更不是经常在外吃饭的。他父母看别人家带孩子去，便有意识也时不时隔些日子早早关了杂货铺，带他去夜市一家人放松一下。对年少的他来说，每次和父母一同去吃夜宵内心都是雀跃的。但印象最深的始终是第一次。

　　那年他才七岁，坐在父母中间，兴致勃勃地打量着那些在夏日夜色里光着膀子喝啤酒大声聊天的人们，内心充满了新鲜感和幸福感。快吃完的时候，一个认识的叔叔过来和他们打过招呼，便独自一人坐到了离他们不远的一张桌上。那是一个离婚的中年男人，刚打完牌从麻将馆出来。年幼的他看着他独自一人坐在那锅热腾腾的红油滚汤前，慢悠悠往锅里下着菜，心里涌起了羡慕。对自由贫乏口袋更贫乏的 7 岁的他来说，如果长大后，能经常这样一个人推门而出坐在街头慢吞吞吃一顿串串，那样的人生想一想便是多么幸福。那一刻的念头之清晰，一直深深留在他的印象里，直至今日。而他对于夜色食摊的热爱，好像就是在那个夜晚种下了根基。

在故乡敦煌，他经历了人生最初的懵懂初恋，也诱发了他青春期与爸爸的唯一一次正面冲突。

女孩是他的同桌，有宫崎骏动画片主角一样的圆圆眼睛，笑起来一侧嘴角有个很好看的梨窝。女孩家很有钱，敦煌有一整条街的商铺都是她家的。年少的他或许是从小当优等生当惯了，很有些志气冲天。喜欢上了女孩，便没把她那与他相殊甚大的家境横亘在心里。他深信将来走出敦煌的自己会有广阔天地，古人不说了吗，莫欺少年穷。

那时的初恋，比戈壁远处的蓝天还洁净，比风里清幽的沙枣花还香甜。传传小纸条，写封小情书，壮着胆拉拉小手，眉眼相视一笑便觉人生美好到无所畏惧。

他一心沉溺的美好是被爸爸一巴掌打断的。姑娘的妈妈找到了他家的杂货铺，留下了很多难听话。他爸爸把他这半年来急速下滑的成绩同这桩初恋联系起来，加上受了女孩妈妈言语的刺激，气蒙了头，生平第一次扇了他耳光。

他气得夺门而出，一个人在郊边晃荡到夜色阑珊才往回走。回来的时候碰到了爸爸，他徒步很远去鸣沙山替人牵回一匹生病的骆驼。夜色里的郊边，幽蓝夜空下，一弯晕月，半空繁星，他那五十不到背已轻躬的爸爸走在黄杨拂影的路上，遥遥看去背影已是个老人。他眼眶有些酸麻，终于还是走上前去，接过了爸爸手里的缰绳。

那晚回城后，他们没直接回家，爸爸拉着他去了夜市。父子俩要了一盘凉菜一盘花生米几串烤肉，他爸打开一瓶白酒给他倒了一杯，那是他人生中第一次喝爸爸倒的酒。喝到小酣处，他爸拍拍他的肩膀，一切尽在不言中。

女孩妈妈找老师调了座位，他望着女孩眼里的欲言还休，终是低头，写起了作业。还剩大半年高考，他闷头追击，高考时考上兰州的一所一本大学。

坐上离城的大巴，将落榜的女孩、一排街的商铺和他的一段怅惘青春，沿着漫目黄沙，徐徐扬落在了身后。

他和身边的同龄人一样，过了四年毫无例外的大学生活：上课，网吧打游戏，谈恋爱，毕业前夕四下拼凑论文。

大学时的女友很喜欢他，经常溜进男生宿舍为他洗衣刷鞋，在他去网吧打游戏的时候混进他们班教室给他签到。学生都没什么钱，他带她进超市，她每次逛半天最后只拿一袋一块五的酸奶出来就笑得一脸欢快，连三块钱的盒装酸奶都舍不得让他买给她。两人一起在小摊上吃一笼热气腾腾的小笼包，分一碗莼菜砂锅。只要身边有他，她就乐得眉眼盈盈。

他知道她的好，心中却少了高中时候的那种怦然心动。

大学毕业时，他没有同女友商量，私下找好了一家上海的公司。分别那天，女孩在站台哭得一脸悲凄。他心中有些作痛，只是随着火车开出去几站，一路陌生美景，心情竟也很快轻快起来。

在上海，他做着一份时尚编辑的工作，渐渐结识了一些朋友，有了自己的小圈子。

是的，周一到周五，他在单位做吉米，打三个耳洞，戴施华洛世奇的耳钉，学会穿七分袖衬衫配窄腿裤。下班后，和哥们混酒吧，真假黑方芝华士12年入口即知。他一个月的工资常常两周就花完，信用卡月月滚动着欠款，来支撑他在这繁华一线都市的风花雪月醉不言归。

他也习惯了比春风还短的恋情，和哥们比着速度换女友。有次在酒吧同哥们打赌，一个月泡上台上低头轻吟的女歌手，他献殷勤的花样还没出手七八，女孩第四天就同他手拉手回了他的房子。那些年他身边辗转过的女孩都像他在这个城市做的吉米一样洋气，多半都来不及熟知对方年少的回忆就匆匆分手，分开的时候女孩们也走得没什么犹豫，有着这大都市里许多人脸上一模一样的洒脱。

只有那些一个人慢吞吞走向出租公寓的浓黑深夜，他时常走着走着一颗心就静了，沉了，也空了。那时候他只想找一个夜摊的小桌子坐下，来上一份热腾腾的粉丝汤或者一个人守住一盆麻辣烫、一盆红油诱人的麻辣小龙虾。他在摊贩挑起的那盏昏黄灯光下慢慢变小变静，顺着时间的来路回溯，变回那个敦煌小杂货铺老板的儿子杨杨。

这城市的浮光太好看，却似乎与他年少时的想象终不一样。他快乐时酒醉霓虹，午夜醒来时怅然若失。他不过是一只寄居的虚弱小兽，日日于有人处蓬起一身经不起推敲的虚张毛发。进，举足难行；撤，百般不甘。

他那几年快马锦歌的幻象是被父母的衰老打破的。

爸爸几年前查出糖尿病，每月几百元药费是家里的固定开支。有一阵天天胸闷，后来有天在铺子里搬货的时候一头栽倒在地上，到医院一检查才发现心脏出了问题，要做手术放支架。家里手术费凑不够，他妈妈电话里迟疑了半天第一次开口问他有没有钱。他摸着钱夹里空空如也的银行卡和债台高筑的信用卡，心中涌起惭愧。

他揣着向大学舍友借来的两万块钱回了家，守在医院陪爸爸做完手术。

在医院的时候，舍友给他打电话，有点儿吞吐地说，想想觉得还是不应该瞒着他。那钱其实不是他借给他的，舍友自己平时花钱就大手大脚，也没攒下钱来，那钱是舍友的女友听说了硬要从自己的积蓄里拿出来主动借给他的。舍友的女友，就是当年大学里他的女友。舍友有点儿不好意思地告诉他，其实大学里那女孩常来宿舍替他洗衣刷鞋的时候，自己已经悄悄喜欢上她了，毕业后跟着女孩回她老家找了工作，追了好几年，终于追上了，现在在准备婚礼。

他在电话这头很入戏地说："哦哟，你这小子不老实，原来当年还是我的情敌呢。那祝你俩幸福了，结婚记得通知我喝喜酒。对了，替我谢谢你家那位，钱我会尽快还她的。"挂了电话，他转到医院走廊尽头的窗口去抽烟，在上海的那几年他从未联系过那女孩，虽然也难免时常想起。这些年他从未想过回头去寻她，而这晚吹来她讯息的夜风却拂得他有点儿想哭。

支架分国产的和进口的两种，价格相差悬殊。医生还没详细介绍完，他爸爸就抢着说要国产的，他怎么劝也劝不动。那些天在老家，他看着爸爸半白的头发，看着妈妈佝着腰在病房忙碌的身影，空下来他妈就拿手支着后腰，妈妈的腰椎不好已经有些年头了。他看出这对夫妻正在被衰老大张旗鼓地追击，再也不是他记忆中那对一左一右牵着他、两棵树一样魁梧结实风雨无惧的壮年父母了。

他的公司事务领导不满他离岗太久，打电话来催他上班，电话过三巡，言词难免刻薄，径直问他是否还想回来，不行的话当天就可招入新人。他知道领导说的都是大实话，在大上海，在他们那个行业，最不缺的就是新人。他礼貌而冷静地回复领导，他家中确实有事，一时是不能回去了，请领导另招新人吧。挂了电话，他的心突然就有了许久未有过的安定。

他终是回到了这片沙漠之城。他发现，这片年少时曾一心只想远走高飞逃之夭夭的地方，原来最让他心安。

不再想找份工作度日，他找了几个发小合计了一下，决定租个小门面晚上出夜宵摊。发小们都很帮衬，摊子很快就支了起来。摊位离初恋家那排商铺不远，只隔一条街道，这在高中时的他是无法想象的，二十八岁这年的他就不以为意了，只想着那地方人流量大周边人际关系熟络，再合适不过，就立马敲定了下来。灯光挑起，摊子支开，炉火上翻起的一锅锅红油热辣沸盈欣欣向荣。

初恋高中毕业后就没有再上学，跟着她妈妈学习打理家中生意，早早结了婚，嫁了同城门当户对的一个，儿子都上小学了。他家涮串味道好，一开张就生意红火，初恋一家三口也常来，见面笑眯眯打招呼，也是一股老同学的亲热。

所谓成长，就是破除禁忌。

在父母身边，照料方便，而对他们的日渐老去他也有了底气。二老闲不住，晚上常换着来摊上帮忙，他们一干拎炉子搬重物这样的体力活他看见了总要喝斥，父母孩子调了个向，人老了就像孩童一样。爸妈听了他的责怪笑一笑，有时悄悄吐个舌头，转身老实去干点儿帮着招呼客人送个饮料端点儿菜的轻巧活儿，他看了心里也偷笑。

二十九岁，他同相亲认识的女孩结了婚。女孩说不上好看，对他很体贴，人也精明能干。三十岁这年，他家的涮串摊开了第二家分店，由妻子去打理。他这边，雇三个伙计，支十二个炉子，每天的收入算起来不比在上海当时尚编辑时差。

他在夜摊上，热了，撩一把T恤的下摆擦汗，晒得黝黑的腰腹就晾在风里；手里活儿急了，放开嗓门招呼起打杂的伙计来，半条街都能听见。人都这样，一忙起来就什么也顾不得了。

收市前闲下来的时候，他有时也会招呼伙计们一起坐下来，围住一只炉子自己人喝点儿小酒闲一闲。喝到微醺，夜风怡然，很有几分小惬意。

那个时候，他也常想起些前尘旧事，想起那些路过他青春时光的深夜路边摊：大学时代在兰州，和当时女友面对面分享一笼热腾腾的小笼包；网吧打游戏到半夜推门直奔路对面的砂锅麻食；毕业后初到上海，加班到街上几乎无人时的一碗红油米线；和失恋失意的好兄弟喝到人仰马翻的烤肉摊；陪心中有几分喜欢的小姑娘吃过的麻小；无数次失眠时走出家门在小区不远处吃过的油炸菜夹馍……

从兰州到上海，青春时飘荡过的城市有时对他来说就是两张分布着无数深夜路边摊的地图，他清楚地记住了它们中绝大多数的位置和特点。那时它们明暗不一的灯光和良莠不齐的口感，都一一给予过他深夜的陪伴。那些夜摊老板身上独有的既疏离又温馨的气息，也在那些年不为人知地悄然温暖过他人群散场后的孤独。

他偶然也会想起童年时第一次跟父母吃夜市路边摊的心情。他后来路过无数的路边摊，带着一桩桩成长里不可复制的起落心情，转眼已经接近当年那位叔叔的年纪。他当然已经明白当年那样一个独自涮串的身影背后的种种，并不值得羡慕。

这些年，沟通工具飞速更新，从 QQ 到博客，从博客到微博，从微博到微信，其间杂入陌陌约饭各种软件层出不穷，世界越来越小，弄丢的人却还是弄丢。生命里该离场的人离去，该到来的到来。

这些年，他成长，以与别人千篇一律的姿势成熟，习惯了诸多的得到与失去。也曾溃不成军，也曾重头再起；辜负过人，也被人辜负；热血盈头过，也明白什么是心如死灰；作别过，再从头。深夜路边摊就像一个无言的挚友，目睹他以青春冲撞的势头扎进人生，然后脚步逐渐变得越来越迟缓郑重。从少年，到青春不再，心已迟暮。

他想，这个世界上一定有很多如他一般对深夜的路边摊怀有情愫的人吧。因为不管漂泊在哪里，不管正在历经什么，不管是否在属于自己的城市，知道前面总有守候，哪怕你是一个人。在那里，路人寥罕，路灯温柔，耳边不用很费力就听得见煮锅里翻着轻微的沸腾，仿佛人生际遇百般，总有一番慈悲作底。

那些夜色里的食摊，看尽都市晚归人，不言望你仰头饮落半扎啤酒，烦恼各自面目模糊。

恰如孤意人生。

女酒鬼

城市 ● 南京

无心的伤害和无心的温暖。
那些被安排在生命里的，
生命中的一切皆可原谅，

其实她本来是恨酒的。

小时候，她跟着酒鬼父亲一起生活，看他喝醉的时间远远多于清醒的时间。初高中很多个晚自习后回到家的夜晚，她不是被喝醉的父亲反锁在门外、裹紧衣衫坐在楼梯上听着父亲在屋里如雷的酣醉呼声等天色亮起，就是在那些深夜里以瘦弱之躯吃力地独自把醉卧在门口的父亲一点点拖进屋去。

她那时恨极最初酿造出酒这种东西的人，为什么会造出这样的迷魂汤，让一个个懦弱的人一头扎进自己的幻境里躲避生活，把现实都甩给不得不清醒的人。

052

她厌透了酒。她的年少浸泡在浑浊不堪的昏醉味道里，被蚕食一空。她是个没有年少的人。长大后，她找男友的标准，心中最清晰的一条便是绝不与父亲相像。

遇见喻的时候，她有很长一段时间心里都是饱饱满满的，像一面枯涸很久突然被命运惦记起温柔填盈的湖。

喻是工作上带她入行的业内前辈，也顺便在生活中做了她的师长：饭前不要吃冷饮，伤胃；不要觉得妥协是在规避麻烦，大部分时候，早早拒绝才是；做人精力有限，不必人人是朋友……这些道理，都是他工作内外云淡风轻教给她的。他在酒桌上替她挡酒，下了酒桌还不忘在车上叮嘱她，女孩无论如何不要在不熟的人面前喝酒。他就是这样，待她好，但那张永远和气疏淡的脸上，她望过去，从来也没找到过半点暧昧的情分。

喻喜欢她，那点儿喜欢也并不掩人耳目。他在别人面前数次夸她，夸她自立又心性清凉，现下女孩中已不多见。有热心同事提议给她介绍男朋友，喻直言并不觉得身边有配得上她的男孩。话传到耳朵里，她听得心中欢悦，又暗生怅然。

她扭伤了脚，喻体恤她在这座城市里孤身一人，买了她最爱吃的煲仔饭与枸杞叶猪肝粥送去，也只是敲开门笑眯眯递到她手里便假言有事旋即转身离去。她知道以喻的为人，定是觉得单身女孩的闺房人之不便。

那些年一个人孤独的夜色里，她想着这城中有喻，便觉得这座金陵城于她不空。她知道喻早已结婚，膝下幼女承欢，夫妻俩虽因工作关系异地而居却也感情和睦。说起来奇怪，她心中生出羡慕的，并非喻的妻子，而是他的小女儿。她那时有个怪念头，常希望这世间没有自己，而她化作喻身边的小女儿。

喻于她而言是什么呢？她说不清，他是她的师长，又如同父兄……她也是过了很多年后才明白，原来他圆满了她年少时分对家族成年男性的全部想象。

后来，喻遭人暗算，在公司栽了跟头，愤而离职，自立门户却诸多不顺。大家都看着喻这面业界的大旗突然就现灰头土脸之势，挫然不振。众人亦纷纷传言他的家庭也有分裂之势。

她那般避事怕与人生出一丝一毫纠葛的人，听着那些风言风语，突然就生出来无数胆色，独自跑去喻的房子里看他。

喻拉开门看到是她，竟也不诧异。他把她让进门来，便让她自己找地方坐，没有要同她生分客套的意思。那时喻正一人坐在家中喝酒，芝华士 12 年，面前摆着不知从哪家餐厅打包回来的一盘醋泡花生和一盘酱萝卜。她自己去厨房取了一只玻璃酒杯一双筷子在喻的对面坐下，自己斟酒。喻一面说少喝点一面看着她笑，是那种老辈人看小姑娘的眼神。喝完那杯酒她已经视物有些重影，自己去喻的碟架里翻了张碟出来看———张国荣的《霸王别姬》。碟看完酒也醒了，喻送她回家，两人住的地方隔两站路，那天天气好，两个泛着酒气的人披了一路星光。

后来她便常去陪喻喝酒，喝着喝着也常聊些知心的话。喻问她交男友的事，有次突然说她像个胡桃人，从未见过她热烈地爱过什么人，身上似有重重外壳。她不作答，低头抿一口酒就笑，十足的新晋小酒鬼。她从不打听他和妻子的事，怕他是她面前的一个肥皂泡，五色流光，伸指就影破无存。

那是她人生里第一段与酒言欢的日子，在他身旁。她那时酒量浅，喝上三四两就飞身入了云霄，云里雾里一样地飘。喻在身边看着她眼神无法聚焦的样子发笑，有时伸手就揉乱了她的头发，像揉一只不知忧愁的小狗。她那时心里快乐得不知所以。陪君醉笑三万场啊，不诉离殇，她一次次在心中默念这句话，不诉离殇。

喻到底是喻，并没有沉沦很久。同她喝过两月酒后，他重整思路，放弃这边现有资源，去了妻女所在的那个沿海城市重新创业。

喻走之前，曾邀她去江心洲散心。两人吹着江风坐轮渡上了岛，稀松住着一些农家的江心洲那时正是花期，开满蓝色的诸葛兰和各色绚烂的矢车菊。喻那天说了很多话，主动聊了聊自己年少时的一些趣事，更多时间却还是在同她分析业内状况和她的职业前景，她听得出他所提建议都是暗地代她细细思虑过的。她看着喻那亲密又端正的笑容，她不知他是如何能一直做得这样好，如同他是她连枝并发了多少年的血脉亲人。

喻走了之后，她就爱上了喝酒。一到周末就跑去麦德龙，推着手推车买上小山样一堆酒，朗姆、龙舌兰、芝华士、霞多丽红、雷司令白、桃红起泡、西凤、郎酒、赖茅……琳琅满目地分成两种，一种是和他一起喝过的，一种是没有同他一起喝过的。

她酒量日益见涨，都在不为人知的地方。她牢记喻的话，从不在外面的酒桌上喝酒。她工作起来是极拼的，只是从不靠酒桌签单。身边的业内人都道她滴酒不沾，是闻酒也要醉的。在喝到云雾里的时候，她想起喻，心中还是暖，她看着阳台外面广袤的夜空，知道这是喻住过的城市，这城市于她不空。

喻在那边如何东山再起的故事后来被身边很多业内人津津乐道。她听到时总是微笑，心里生出一些不为人知的甜蜜与骄傲来，仿佛他是她的谁。偶尔几度他回来办事，人堆里意气风发的样子，俊气不减当年。他走过来同她打招呼，那熟悉的磊落温和的笑容，始终是她初时认识的那个他。

她长长短短谈过几次恋爱，目前还是单身，但状态是极好的。近年来她交男友的愿望比往年来得强些，择人的目光也更慎重些，或许是因为见过了世界上有喻那样的男子。她相信，前方总有一个对的人，这南京城总会留一个那样的人给她，喻一样的人，清醒、理智、磊落，于人于己温柔无伤。

这几年她事业不错，攀升很快。她买了自己一直想要的一套屋顶复式房，面积不算大，但布局全然是自己想要的样子，送的屋顶花园宽阔，摆上十几盆高高低低的凤尾竹与栀子，以及一株笔直白兰树，便有了小丛林浓密的样子。晚上回家，踢掉高跟鞋，坐在郁绿的晚风里，持着一瓶酒看对面不太远的喻的空窗口，就是一个很好的夜晚。

她几乎记住了与喻之间所有的对话。也记得那次他同她说，他觉得她像个胡桃人，从未见过她热烈地爱过什么人，身上似有重重外壳。她坐在自己的屋顶，心中默然答喻：最真的我一直在这里啊，就是在你面前那一个。

她最真的一面，是留给他的。

她遥望着灯火尽头她再未去过的江心洲，听说那里这几年游客渐多难免声色嘈杂，也已改建得面目全非。在她记忆里，也终只有那扑面的清凉江风和满岛蓝得催人泪意的无尽野地繁花。

她有时会想，她在一生中遇见喻，该是什么样的意义？然后她又兀自想：这世界上每天有无数相逢，哪儿有那么多道理可究？遇见本身就已足够美好。

这个时候，她仰头喝口酒，然后把灰绿的酒瓶贴在眼睛上去看远处最后的暮色。每每这个时候，她觉得生命中的一切皆可原谅，那些被安排在生命里的无心的伤害和无心的温暖。

酒真是个好东西，帮一切谜题找到答案。她在醺然里满意地想到。

所爱
隔山海，
山海
无须平

城市 ● 西安 VS 法国·巴黎

比起他们的情深意切，
命运更为掷地有声。

　　我的朋友赵麓多年里一直想去趟法国。她的钱包里有一张法国街道的照片，一条幽僻的巷道两旁开满金合欢，光影斑驳的路面投下一道淡淡颀长人影，是那不见面容的拍照人。

　　我也想去法国，只是理由不怎么上台面。我想去一切我没去过的国家。毕竟我要是不去的话，又怎么会知道这世界上有什么我没吃过的美食，又怎么会知道它们到底有多好吃呢，是不是？

　　赵麓是土生土长的西安娃。有个土著朋友的好处，就是她经常会领着我这样的外来吃货钻街串巷地去找那些不怎么为人所知的老店小吃，那些老店共同的特点就是味道那叫一个赞。她从小吃到大的芦荡巷的穆萨面、大车巷的腊汁肉揪面片、回民街口的王家饺子定家小酥肉……尤其是回民街里头那家藏在居民楼里的老字号卤汁凉粉，白馍掰好，浇上两勺方子几十年不改的浓郁卤汁，再卧上一白一青俩咸松鸭蛋，那口味道任你跑遍全城再也寻不到。更绝的是，那个巷道转得那叫一个曲折，要不是每次赵麓领着我，我这样的路痴去上几十次也还是找不着；小店老板也没什么野心，一间几平方米的小店几十年如一日安安稳稳地扎在幽深居民楼里，就那般每次我们去还都要赶早排队，去迟了就只有瞪着亮得照人影的大空锅的份，映着我们满脸怏怏。

和赵麓一起走在西安的大街小巷里是一件很有意思的事，走到哪儿，她总爱随手一指：这里，以前有什么；那边，曾经是什么样。某某地方，又出过什么样的人物，哪一年发生过什么样的大事。现在的长乐公园、当年的野生动物园里，有多少是新修多少是当年模样，她都记得一清二楚。在赵麓这样的老西安眼里，这四方古城处处都是故事。

我最爱听赵麓讲的，还是关于老东门的故事。那是她曾经居住的地方，旧日街坊邻居的故事温熟于心。曾在东门卖茶的那位老妇人每每收了外币都会开心地留给孙儿玩耍；常出入东门回收旧物的那位赌到妻离子散的邋遢赌鬼竟被大家发现是那个年代的大学生；炎夏的晚上邻里众人总爱带上凉席在城门底下闲聊着纳凉而睡；还有赵麓在漫长的年少时光里所喜欢的一位清秀学霸少年……那些摇曳在俗世里烟火温吞的故事，我听过多遍，那些素未谋面的面容仿佛如同我的故人，每每走过东门时我都有亲切感。

赵麓偶尔提及过其中一个少女疯子，年纪小小便丧了心智，极是擅长惹事生非。她家境贫寒，有个正上学的哥哥，父亲长期卧床三天两头入院，除了父亲单位那点单薄的补给，家里经济全靠她母亲摆摊支撑，根本抽不出精力来应对她。那小女疯子早早成了那一片邻里眼中的公害，家里人一不注意她便跑出门去，骂路人吐口水都算好的，随意进人家门偷东西砸家具打小孩之类的事干得熟门熟路。大家都知道她是疯子较不得真，只能在事后找上门去，她家人自然免不了低声下气地道歉和商量赔偿。

赵麓提及那少女疯子本是无心，却一下提起了我的好奇之心。赵麓不再愿意多讲，只说想不起来。我问及那少女后来境况，赵麓欲言又止，随即转移话题，对我这样听故事爱索全须全尾的人来说，这颇有些折磨。看出赵麓似有难色，我只好作罢。

老东门的那些邻居里，让我心有好奇的，除了那位少女疯子，还有那位赵麓爱慕的少年。

他们有过甜蜜的青梅竹马时光。

从小学到中学，少年每日骑着自行车载她上下学，赵麓的父母都喜欢学习优秀礼貌懂事的他，又体恤他家境清贫，家里做了什么好吃的总让赵麓带一份给他。放学时，赵麓的父母常主动留下他来与赵麓一起做作业，有他在的时候，家里的晚饭总是做得更丰盛一些。

两人之间也很好，每日黏在一起，有说不完的话题。同学都拿他们打趣，笑赵麓是他的小媳妇。赵麓红了脸，他却不辩驳，低头写自己的作业，半晌才悄然侧过头来，对着坐在他斜后方的赵麓狡黠一笑。

他们的青春因有彼此陪伴，毫不孤子。年华里情愫流转，他们牵过手，也只到牵手为止。前方那么美，有什么好着急。早时他们曾经那样想。

那时候的两个人都不知道，前方不一定是他们一眼看过去的前方，它诡谲多变，永远难测。

高二那年，他们突然就淡了。他不再米载赵麓上下学，他骑的自行车直直驶过她的家门。

他变得异常沉默，学习成绩也一度滑落甚远。几个月后，他的成绩兀自回升。他变得更加努力。

因为牵挂家里，高考时，他选择了留在西安，读了一所一本院校。邻里都说，幸好周家有一个好儿子，周家也只能倚仗这个儿子了。

赵麓也在西安，是一所二本学校。

他再未主动找过她。上大学后，周末回家时遇见他，她上前同他交换了宿舍电话号码，也将自己人生的第一个手机号留给了他。从那以后，那便成了赵麓沿用至今的手机号码。她不肯换，因为那是给过他的她唯一的联系方式，虽然他从未打给过她。

世事便是如此，用情再深，也未见得就有未来。相比他们的情深意切，命运来得更为掷地有声。

大学时，同学们如困鸟出笼般急不可耐扑入恋爱，槐树下、操场边、篮球场……处处是小情侣牵手搭背身影，整个校园都洋溢着浓浓的荷尔蒙味道。不肯谈恋爱的赵麓，在其中就显得有些像个异类。

赵麓不在乎。她自小以来十几年看惯了他，他的一举一动都是好的美的，她的心沉沉实实，再难容得别人。

她愿意就那样等着他，像等一块冰的融化，像等一个春的复苏。

大二时的一个晚上，赵麓突发胃出血，疼得满床打滚。她父母那时正双双远在三亚旅游。室友翻了她的手机，一眼看见唯有他的名字是亲昵的单字，便自作主张打过去。在宿舍里接到电话的正是他。

他穿着拖鞋背心只花了二十分钟便跨校赶到她宿舍。看着面前满额细汗的他，她惊异到一时竟忘了出声。在几位室友的陪伴下，他背她到医院，跑上跑下办手续。等她安顿下来，躺在病床上打起吊瓶，疼痛渐缓，室友们赶回学校，他独自留下来陪她。

赵麓疼得睡不着，他便在身边轻声细语陪她聊天。天色渐亮时他面有困意，趴在床边睡去。那时赵麓方有勇气伸出手来，想悄悄抚摸两下他的发。见他微动，急忙缩回手来，却被他伸手拉进手心。原来他并未睡着。

病房里两人相顾无语，唯有四只眼睛脉脉盈盈。

几年前他们就拉过手，亦只到拉手而已。他们都是命运掌心里乖巧的棋子。

赵麓病好以后，他们不再联系，一如往昔。

舍友们皆看出他们之间情意牵绊，不明白他们为何如此。赵麓无法作答她们的诸多猜测，最后只得违心骗她们，他只当她是发小，所爱另有其人。

大三，他家接踵办了两场丧事。先是父亲病逝。未出半年，他那劳累了一辈子的母亲在一个寒冷的深夜选择了自杀。

他母亲的丧礼上，他沉稳冷静得如同一个中年男子，有条不紊地操持了所有环节。那种沉稳冷静，刺痛了很多邻里的心。赵麓的母亲同很多看着他长大的街坊妇人一样，悄悄用袖角擦拭眼角的泪水。

赵麓的目光穿过那些熟悉的面孔紧紧追随着他，心中生满悲怆。她生平第一次，从一张冷静面容上读懂了决绝的别离，也是第一次从内心深处认领了自己命运里与面前这个一夜成人的年轻男子之间，所拥有的终只是一阙断尾离歌。

大学毕业后，他申请考取了法国一所大学的全额奖学金，去了法国读研，就此再未回国。他唯一给她的讯息，是他到法国后的第二年给她 QQ 邮箱发送的一封简短的信。他发了一张照片给她，在她从未到过的那个国度里，金合欢开放正盛，他手执手机拍摄的瘦长身形遥遥扑落在柏油路面上。他说，小麓，这里没有西安满街的国槐和柿树，多的是金合欢和高大地中海松。今你我隔山海，我遥祝你幸福。

后来赵麓看书时读到那句"所爱隔山海，山海不可平"时，忍了多少年的眼泪，再也未忍住崩然而下。

再后来，是有一年我和赵麓终于结伴去欧洲旅行。第一站，就是赵麓心心念念的巴黎。

十一个小时的飞行，赵麓毫无困意。我一觉醒来，见她仍睁大双眼兀自在望着窗外的璀璨星空。我们低声聊天。赵麓突然说起那位我曾经一直想知道她后来境况的少女疯子。

"她十四岁时就死了。"赵麓说，"被她的亲生父母用被子捂死了。"

一段凉意掠过脊背，高空之上，我残存的困意瞬间全无。

那少女疯子素来暴戾，那日犯病时翻窗跑出去，将巷口一位坐在椅子上晒太阳的老人无端拖下来暴打，等周围人赶来阻止的时候，老人已奄奄一息。儿女们赶来将人送到医院抢救，又住了月余院才保下性命。邻居们平时再体谅她父母不易，此时也怨声不平。她父母自此感觉在邻里抬不起头来，家里最后一点儿积蓄也尽数赔尽，忧及儿女前景更觉前方一片漆黑。悲愤之下，两人竟默契做了决定。

"你应该猜到了，那个少女疯子就是周家女儿，他的妹妹。"赵麓说。

高二那年，周家女疯子一夜暴毙，尸体被悄悄送回乡下老家埋葬。周家父母一夜间面容苍老。周家少年亦突然变得沉默不语。邻里都暗地议论她是被父母亲手捂死，好几户人家都听到了那晚从周家传出的奇怪声响。没有人想过要举报，多年的老邻居，周家父母的忠厚老实大家看在眼里，周家女疯子的状况大家了然于心，大家对周家皆心有怜悯。老东门那一片邻居默契一致对外装聋作哑。

他的沉默，赵麓曾去打破过。她在无人处堵住他的自行车，鼓励自己厚着脸皮走近他，拉起他的手，紧紧攥在自己手心里。他只怔住了一会儿，便将手从她手心里用力抽了出来，侧身欲走。赵麓倔强地拉住他的自行车。他那时突然笑了，用一种赵麓之前从未见过的奇怪笑容。

"你知道吗，那晚我在场。"他盯着她的眼睛说。

那晚他起来上厕所，听到房间里有异样声响。借着月光，他看到了他永生难忘的一幕。他的父母正协力将被子捂住他那疯妹妹的头，他那身形娇小的母亲是主力，病体衰弱的父亲站在其后。"武疯子"妹妹刚从睡梦中醒来，反抗的力气很大，嗓间发出含糊不清的声响。他在月光之下接住了父母的目光，并鬼使神差地读懂了它们。

"你知道吗，我看着他们，一个字也没有说。我走过去，关上了妹妹房间那扇窗。我的妹妹，她临死前一直望着我。"他盯着她的眼睛，近距离地小声向她吐出这句话。相比内心的惊恐，他脸上的笑容悲凉得更让她心碎。

他和她的年少时光，在那一刻都结束了。

后来便是他父亲病逝，母亲自杀。他逃也似的离开了西安，离开了自己的国度，更恨不能离开自己成长过的一切痕迹。

赵麓理解他。

命运不会公平无私地给予每个人平坦和顺，如果他的生命中已被伏下深渊，那么展翅高飞是他所能拥有的最好未来。他决意要忘记的，她再不能去提醒他。

如果遗忘与更新能给予他用力生活的勇气，她成全他的遗忘，祝福他的更新。

这是她爱他的方式。是她在她与他无解的缘分里写给自己的解答。

那一年，我们到了巴黎。

我们见到了很多枝叶细碎可爱的金合欢树，还有更多枝干黝黑笔直高大的地中海松，公园边三三两两热衷慢跑的年轻人。屋顶挤着肥胖的黑鸦与白灰相间的鸽。那座城市的俊男美女多得晃人眼，三步五步是五官如画的年轻漂亮洋女郎，还有满大街穿着时尚的酷帅洋大叔。偶尔也会遇见大街上掠过去的亚洲面孔，信步淡然地融在当地人的生活里，让人总忍不住去猜测他们过得如何，是否足够幸福快乐。

在旅行团留给大家购物的那一个整天，团里的女人们兴奋地冲进老佛爷和隔壁的巴黎春天不要钱似的血拼抢购。我和赵麓沿着附近的街道不紧不慢地散了一天步，中途停下来买法棍面包喝咖啡，在一家面积不大的餐厅尝了尝当地的法餐，把那天过得从容犹如当地人。

离开巴黎前，导游带大家去看爱桥。那座著名的挂满同心锁的桥在阳光底下远远便闪出金属小锁的彩色光芒。团里的很多夫妻情侣都买下了同心锁刻字挂上。赵麓也挂了一枚。她的锁面光洁空荡，只字全无。我们伏在栏杆上看了一会儿桥下的河水粼粼。我们都明白，这世间是这样，许多字，写与不写，同样孤独；许多话，说与不说，别无二致。

离开法国的那天，路过酒店大堂贴满彩色便笺的留言墙，赵麓留下了那张陪伴她多年的照片，照片上"珍重"两个汉字书写得清瘦端美，引得身边路过的两位金发碧眼青年频频侧目。他们全然不懂，在那一笔一划里，都是一个中国姑娘内心温柔而郑重的一声声道别。

要放下了啊。那些眷恋的、羁绊的，与那少年相关的一切蚀骨的温存与绝望。

2015 年的夏天，西安热疯了，大家都躲在空调房里大呼古城玩花样铁板烧。

我和赵麓坐在她家客厅吹着空调，一边吃着大西安独有的户太八号蜜甜葡萄一边看电视，她老公体贴地一头扎进酷热厨房为我俩煮咖啡。

电视新闻里正在播出巴黎政府因考虑到爱桥不堪负重，决定统一拆除上面的挂锁。画面上，几个身着制服的人员拿着大铁剪铁钳忙碌其中。

看着那些被卸下的密密麻麻坠满同心锁的铁丝网，赵麓和我都没有说话。

就在她低首微然一笑间，厨房里已开始飘出咖啡的香气。

住在婚纱照里
的男人

城市 ● 合肥

而是那时的他不敢看。

不是那时的他看不到，

有些结局，

两个人离婚了，最大的问题是什么？

在知道了大周的故事后，我最关心的，是婚纱照留给了谁。

大周是在结婚第四年离的婚。

大张旗鼓相爱过，宾客沸盈庆贺过，欲说还休隐忍过，心灰意冷黯然过。最终，时间温吞如水一般的消磨，像一把钝刀割杀得两人气血全无。前妻自始至终未表态，只用持续长逾一年的夜不归宿逼得大周轻声吐出"要不离婚吧"五个字。

离婚时，大周把存款悉数给了前妻。房子是婚前大周父母全款买下的，大周无权处置，他对前妻说："房子里的东西你看得上就带走吧，念我们夫妻一场的话给我留张床就行。"这场婚姻他和她两败俱伤，都是缘分的牺牲品。大周想，到底男女有别，她最好的几年青春给了他，临别时刻，他唯愿她前面的路走得比他轻松些。

前妻搬走那天，大周申请在公司加班。深夜他回到家的时候，屋里空荡荡的，只有一张床，还有满墙没摘走的婚纱照。

大周的房子后来又慢慢被填实起来，沙发、餐桌、高低柜、鱼缸、生活细软，还有一只路上捡回来的三花猫。像大周被那几年婚姻生活蚀空过后来又缓慢回填的心。

其中有一些漂亮温馨的小物件是青冉买的，那只三花猫是他和青冉一同在小区的花径边捡回来的。

大周在离婚第二年遇见青冉。他们缓慢而清晰地靠近，牵手，亲吻，一圈圈轧过无数遍彼此家附近的马路，进入对方的房子，熟悉彼此全部的生活。

那些婚纱照大周一直没有摘掉。大周也不知道为什么。

照片上那对年轻人像所有婚纱照中的年轻璧人一样巧笑顾盼，丝毫不谙前方如何。大周和他崭新的恋人就在那些照片下走动落座，做饭，喝茶，交谈，亲密。

青冉是沉得住气的人，她不会去处置大周的东西，不向他索求，甚至不问为什么。青冉走到房子的每个角落，都有照片上的目光追着她，打下几道无形的追光。只在一些微小瞬间，那些目光突然令她不自觉沉默。

大周读得懂她的沉默，但他梳理不了自己的逻辑。那时坦然打破那一秒沉默的，只有那只滚到他们脚下撒娇的三花猫。

为什么留着它们呢？大周也不知道。

和前妻之间那些男女间的情爱早早在时光里湮没了。他不再爱她，却恍然还觉得她是他的一个家人。他习惯了那些照片在墙上的每个位置，虽然他从不会刻意去看那照片上的面容。

大周也曾多次主动向青冉解释过迟迟不取下它们的缘由：放在暖气片上的那帧相框可以防止暖气将墙壁熏黄；照片取下来后墙上的挂钉和颜色失均的白方块会很丑，一直没有时间去买新的挂画代替……那些理由他自己也觉得牵强。青冉总是一笑，并不同他的尴尬深究。

是不是不够爱青冉？我问过大周。不，爱她，非常爱。大周毫不迟疑地作答。

青冉就像他小半生里的小奇迹，让他相信了他年轻时未曾相信过的东西，那种属于年轻人的，真正叫爱情的情愫。他深深记得第一次见她时她笑起来的样子，他和她在一起很多个月以后，他还时常在夜里独自温习她那一刻的模样。他后来记住了她更多时候的模样，那些记忆片段沾满了生活的真实气息，又美好得如同在梦中。

在遇见青冉之前，大周始终是个现实过头的人。从年少时起，他便早慧而冷静，从未对异性有过激烈情愫。未曾主动爱过任何人，一切都是命运推到眼前，他顺水推舟。婚前谈过几次恋爱，均是女孩追他，他正值单身，亦并不厌烦对方。想要结婚时遇见前妻，两人权衡彼此，皆觉得适合婚姻，于是认认真真经营起心中那几分欢喜。婚后第二年逐渐无话时，两人回首，皆觉那时爱恋的形式大过内心。

"你懂吗？青冉于我，就是那种，让我生平第一次主动想要去爱一个人，不管走多近，心里辗转反侧都是她，眼睛看着她内心依然想念她的那种爱情，那种与我这个年龄不相符的、激烈得有时让我感觉忐忑的情感。她让我感觉拥有她就是拥有一切，又仿佛生活美好得正在失真。"大周艰涩地阐述。

我点点头，表示理解。

和青冉在一起的那一年，是大周人生最快乐的一年。无趣了小半生的他突然就变成了一个浪漫的人，愿意很早起床买青冉爱吃的那家早点赶去她门口给她惊喜；短暂的午饭时间也常会从黄山路到裕溪路开车赶一个来回，只为和青冉在她公司附近坐在一起吃一顿快捷简餐；他们手牵手慢吞吞轧过合肥无数的马路，这城市每一处她可能喜欢的地方他都想带她去；新上的每一部爱情片都想和她一起看。那些以前落在他眼里是肤浅的毛头小子用来骗无知少女的幼稚恋爱举动，现在他做上一百次一千次也不觉多。他恨不得他人生的每一分、每一秒，都同青冉一起过。更幸运的，是青冉也递给了他同样的温柔与珍惜。

纵是如此，大周始终没有为青冉收起那些相框。

他每日走动坐卧在那些婚纱照之下，习惯它们是他房子的一部分。

直到后来有一天，他坐在那间不会再有青冉出现的房子里，在与前妻离婚后那么久第一次认认真真抬眼看它们，望着照片上他和前妻那两张昔日脸庞。他突然开始明白，那曾令他不能坦然遗弃它们的，是他的不甘，不甘那些曾在亲友面前与前妻付予彼此的时光，以及那个无法坦然交待给曾在前半生顺风顺水骄傲惯了的自己的失败结局。

分手的痕迹是从什么时候开始显露的？其实回首过去一切有迹可循。

或许是那一次前妻撞车，他闻讯主动前去帮忙处理事故。或许是那次前岳母半夜急病，打电话托他找相熟的医生帮忙，明知老人身边多人照应，他还是主动前去医院帮忙安顿。又或许干脆就是那满屋的婚纱照，一眼一眼的追光里，照得青冉的心逐渐黯然失了颜色。

青冉从未与大周发生争执，大周也未就前妻与前岳母的事做出解释。要怎么说呢？骄傲如大周不愿开口承认，他始终不愿意当别人眼中的失败者，即便此后与前妻再无瓜葛，他亦希望前妻与前妻家人对自己的为人高看一眼。

男人的自尊心，有时就是有着不自知的孩子般的稚气。

大周其实有时能感觉到，青冉的甜蜜温柔像一座雪崩前的冷静雪山，内里已经开始生出细隙。但他更愿意相信那是自己的错觉。

他想那些都是无关紧要的事，而他们是真正有默契的两个人，默契到曾同时从不同的店里给对方买回同款的水杯，默契到常常在对方说出一句话的前半句时对方已经吐出了对方心里的下半句。他们是在一起时间不算长，却飞快地在对方的生活里储存了那么多甜蜜的人，都觉得爱与被爱的同时发生是生命里的小奇迹。像他们这样的两个人，不应该见证爱情的脆弱。

大周就在这样的深信不疑里，迎来了青冉的告别。

青冉说，她真的很讨厌那种在爱情里清空城池的过程。她不再年轻，已经没有气力去抚平对方的前尘旧事。

她甚至向他举了个例子。青冉说，就像你想要走的那条路，你知道前面有很美的风景，但也有曾经的塌方，你还没怎么上路，远远看一眼半路的废墟，突然就没有了力气。

"大周，那种感觉，你明白吗？"她问他，语气一如既往地温柔平和。

那时大周正准备将婚纱照摘掉。他突然想要处理掉它们的原因，是因为他在网上看见一系列挂画，它们出自某部深受青冉喜欢的宫崎峻的动画片，画面唯美。他已经下单，等待寄到。他猜青冉走进他房子看见它们时一定会非常惊喜。而大周也发现，那些挂在房子里几乎融为墙壁一部分的婚纱照，早已不曾承载他的任何情绪。

　　当大周在青冉提分手前提出他要摘掉婚纱照的决定时，他看见青冉定定地望了他一会儿，然后微笑着轻轻摇了摇头。她的眼神忧伤而又笃定。

　　那一刻，大周突然懂得了青冉，也就懂得了她的无可挽留。他知道，青冉一定曾在他看不见的地方忍着疼痛对他的心上旧痕抽丝剥茧，她借着自己的想象与推测，一路蛛丝马迹剥下去，剥下去，抬起头来的时候就发现自己已经没有退路了。

　　正是离开他的决心，保全了她在他身边的那些温柔与沉默。

　　青冉的离开，在大周的心底凿了一处不为人见的深幽小洞。那种不可言喻的隐痛，比起他离婚时的沮丧，来得更为悲伤。

　　大周在后来的一次次独自回首里明白，结局其实早已写好。有些结局，不是那时的他看不到，而是那时的他不敢看。

　　在一个秋意料峭的清晨，大周将那一大摞婚纱照搬到了小区的垃圾桶旁。他裹紧大衣，在瑟瑟秋风里走回屋去。比那堆至此无主的婚纱照更为孤独的，是合肥大街上那个中年男人寂寥的身影。

大周知道，无论怎样，他总有前方。一个斩断过往形式羁绊、真正前行的他，终将在某年某月某日，再遇到另外一个崭新的她。这点通透，使得他更加感伤。

那么难以抚平的遗憾，便是他与青冉的际遇。

所有伤口的平复都需要时间。或许总是这样，一道伤口，在等着另外一道去抵消。

每个身携故事的人，其实都像海里那只音频失常的孤独的鲸，常常在错误的频率里撞上对的人，无数次身畔擦肩，结局也无非路过。

而我们在时间里的际遇，有时候，真的，比两个人在茫茫人海中相遇并爱上的运气还要重要。

我等梅花落满南山

我不等你,

城市 ● 重庆

和永远不会在尘世里玷污的清幽梅花香。至少,他拥有这满南山的腊梅,他只是幸福得不一样罢了。

　　钟宇常在我朋友开的咖啡馆里看书看到打烊。他大概年近四十的样子,长得很清俊,给人最深刻的印象是斯文沉默。他在店里的那几年里,店里的服务员们谁也没有听到过他大声说过一句话,召唤服务员时他也不像别的客人那样出声叫人,总是等到服务员看过来时示以微笑和手势,每次结账离店时也会对收银员点头致意。

　　店里的服务员都很喜欢钟宇,好几个女服务员第一次见他时都颇有好感,直到看着他离店时拿起放在桌子内侧的一柄黑拐杖时,她们才一一发出老天不公的感叹。

　　钟宇走路的姿势是有些倾斜的,一条腿很不利索,那是他五岁那年小儿麻痹落下的后遗症。

钟宇是八个月大的时候被父母抱养的。钟家抱养他两年多后，曾被医生诊断难以生育的他们有了自己的亲生女儿，不久钟宇又因小儿麻痹落上腿疾，从此彻底失了宠，养父母对他一天不如一天。

钟宇很小的时候就知道好吃的要让给妹妹吃，好玩的要让给妹妹玩，照顾好妹妹是自己的责任，凡事不能同妹妹争。比起那点儿好吃的好玩的不能碰触的失落，真正让钟宇觉得难堪的，是院子里那些邻居们充满怜悯的八卦。他们住的是厂里的宿舍楼，整个院子里都是同厂的职工，大家对相互间的情况都很了解。钟宇走到哪儿，总有人摸着他的头叹一声可怜。这使得钟宇出入院子时常常躲着人走。

院子里的邻居们只有一个人是钟宇乐于见到的，那就是厂里的资料员蒋素秋。

蒋素秋那时三十来岁，独自一人住钟宇家前排宿舍楼最尽头的一间。

蒋素秋那时在背地里有个很不雅的绰号，叫"上海破鞋"。作为"上海破鞋"的蒋素秋很有眼色，平日里基本不与厂里人来往，每日陪伴她的就是书，她也是厂里唯一一个热爱看书的女人。

这个被大家当"破鞋"的女人其实衣物很简单，夏天基本就是一件蓝灰色碎花长裙和一身雪青衬衫搭黑长裤来回倒，春秋加一件黑色毛衣外搭，冬天则多半裹在一件洗到泛旧却熨烫挺阔的藏蓝色呢子长大衣里。她屋檐下的晾衣线上来来回回挂的就那几件衣服，厂里再也找不到第二个衣服比她还少的女人了，甚至门卫老吴那从农村来的老婆也自吹衣服比她多得多。蒋素秋怎么看也不像个称职的"破鞋"。

她也不是上海人，而是土生土长的重庆人。"上海破鞋"这个名头的来由是蒋素秋年轻的时候不知怎么和厂里那个上海下放过来的已婚技术指导好上了，等人家的老婆打上门的时候，厂里人才哗然，原来平时腼腆羞怯的小蒋竟有这样的一面。两人双双受了处分，不久技术指导就在岳父家的斡旋下调回上海，而小蒋不声不息在众目睽睽之下硬是掩住了自己的十月怀胎。大家都吃惊于小蒋那副要豁出去一切保住孩子的样子，孩子却在出生第三天就夭折了。或许是出于同情，厂里网开一面没有开除她，只是把她从技术研发室调到了无人问津的资料室。大专毕业的蒋素秋从此就断了升迁的路，厂里搞研发的那几个文化程度比她低的人后来一一都爬到领导层去了。

不知道为什么，钟宇暗自觉得蒋素秋其实是很骄傲的。他觉得她不跟厂里人来往，并不是愤恨他们在背地里喊她"上海破鞋"，也不是惧怕人言可畏，他觉得她就是纯粹因为不屑外面的人，而选择了活在自己的世界里，仅此而已。

厂里这几排宿舍楼都是老旧平房。蒋素秋住在最东边。钟宇回家时从西边更近，但他每次一个人的时候都走东边绕，尤其是夜晚，因为那样他能路过蒋素秋的窗口，而蒋素秋夜晚一定是坐在窗边的书桌前看书的。钟宇喜欢看到蒋素秋在窗前看书的剪影，他知道书里的那个世界对她有多好。她躲进去，一切就无关紧要了，他们叫她破鞋也是不打紧的事。他知道，因为他也是那样的。看书的时候有一千一万个化身，把自己躲进书里去。

在钟宇那寂寥的年少里，蒋素秋对他来说是一场无言的慰藉。为什么呢？钟宇常问自己。他想，或许是因为他知道她在人群中和他一样孤独吧。

钟宇觉得，世间的孤独都是相仿的，并不会因为十来岁的少年和三十来岁的女人就面目不同。

使钟宇和蒋素秋有交集的，是新华书店。钟宇不喜欢待在家，也没什么朋友，经常躲到书店里去看书。在离家半小时路程的那家新华书店，钟宇发现经常能遇到蒋素秋。

钟宇没有钱，去了经常拿本书躲在角落里直到看完了才走。那时候的书店还不像现在这样开明，大多数营业员都很嫌弃那些只看不买的书虫，经常大声吆喝不要把书翻烂了，有时心情坏了也直接赶人。这使得钟宇有时候很难堪。

或许是蒋素秋经常在那儿买书的缘故，店里的营业员对她都非常尊重，每次见她来都微笑着点头。每每那些时候，钟宇在角落里看着，心情很美好，觉得营业员的脸也变得可爱起来。他想，这里不会有人在背地里叫蒋素秋"上海破鞋"了，蒋素秋本来就应该是个配得上很多敬意的女人。

钟宇以为蒋素秋没有注意过他，就像她平时在厂里走路常常旁若无人一样。但是有天蒋素秋在路上喊住了他："钟宇，我那儿有些书，你想看的话可以借给你。"那天，蒋素秋在书店碰见钟宇灰头土脸地被营业员甩脸色了。钟宇有点儿愣地看着站在面前的蒋素秋，她竟然知道他的名字。他心里的那点儿尴尬也忘记了，傻傻地冲她咧嘴一笑，蒋素秋也笑了，她揉了揉他的头发，说："这么爱看书，你和别的小孩不太一样啊！"

那天钟宇就跟着蒋素秋回家挑书，蒋素秋推荐给他一本席慕容的诗集。那天晚上，钟宇抱着书有点儿睡不着觉。

那之后他开始陆续去到蒋素秋的房子里，起初每次换了书就走，后来也慢慢留下来聊几句，或者就坐下来两人沉默不说话各自看上半天的书。

蒋素秋对钟宇那种淡淡的随意的态度让钟宇觉得很舒服，他觉得她不像那些把他当成一个小孩而居高临下的大人，也没有把他混同厂里那些熟悉却不相干的面孔。

钟宇再也不用去书店提心吊胆地看书了，他有了一个更喜悦的去处。养父母是没什么心思在他身上的，鲜少过问他的去向，因为嫌弃钟宇走路瘸腿的难看，他们去逛街和去亲友家串门一般也不愿意带上钟宇。年少的钟宇对孤独习以为常，却在走进蒋素秋的房子之后意外地感受到了自由带来的幸福感。

他喜欢待在蒋素秋身边，仿佛停顿的时光里，只有两人交错的轻轻翻书声。

在那个很多人一心惦记着改善餐桌生活的年代，蒋素秋不同于别人的一点还在于她非常喜欢花，她的书桌上总是有花。一枝月季，一把工厂后面田野里采来的野菊，有时干脆就是冬日里树上的一把乌黑女贞果。因为蒋素秋的缘故，钟宇走在路上也开始不自觉地留意起路边的花草来。

他摘过几把花带给她，藏在自己军绿色的旧书包里。春天小城后边山里的几枝野生油茶，白花黄蕊，香得清新；夏天里白色的茉莉和栀子；也曾在学校花坛里偷过一把含笑给她，黄玉一样的六瓣小花，满屋子都充盈着一种类似香蕉的香气。

蒋素秋见了花就高兴。她说："钟宇，你喜欢有香气的花啊，那你长大以后去南山那边工作吧。南山上有很多腊梅花，冬天里一开，走哪儿香气都跟着你。"

那一年，两个不怎么快乐的人，脸上的笑容都多了起来。

一个十来岁的瘸腿少年和一个三十来岁声名狼藉的中年女人，满屋子似乎永远也看不完的书，厂里人简单粗暴地把它归总成了一桩艳闻。

风言风语刮到养父母耳朵里，钟宇收到了很多旁敲侧击。

大概因为不是亲生的缘故，养父母是从来不对他动手的，就算是批评他的时候也会注意语气和措词，仿佛很介意在这种不消成本的事上跟他闹坏了关系。不像对他们亲生的姑娘，虽然有时候也打骂，但他们爱她爱到了骨子里。钟宇知道，有时候打骂也是讲资格的。

钟宇是个乖小孩，但唯独这件事，他不想听养父母的。他开始有点儿懂蒋素秋骨子里的睥睨，他也同样不屑于理会四周那些龌龊卑劣的眼神。他仍然去蒋素秋那里，只是去得更低调小心，因为不想蒋素秋受到更多的污言秽语，虽然他知道蒋素秋既不曾留意也不会在意。

那个时候，钟宇不知道，命运的阴影已经悄然投落在他们之间。

那一年过年的时候，钟宇父母回他成都的外婆家过年，因为只打算住两晚，便懒得带上钟宇，留他在家看屋。蒋素秋知道了，年三十晚上烧了两个菜，下了一盘饺子，叫上钟宇一起吃。很简单的一顿饭，却是钟宇人生记忆里最温暖的一顿饭。

吃完饭后，他们围着一炉炭火对坐着看书，钟宇记得他那天看的是海子的《土地》。海子写道："缄默者在天堂的黄昏，在天堂这时正是美好的黄昏。"

昏黄的炉火在他和蒋素秋脚下，笼得每个字都充满暖意。那种昏黄是钟宇一生记忆中最绝艳也最凄凉的颜色。

他不记得，那晚是谁先从书里抬起头来，他们放下书聊起了天。那天蒋素秋说了很多话，她向他讲了她几乎所有的故事，出生于知识分子家庭，被父母珍爱的童年，"文革"中自杀的父亲和因病去世的母亲，那个曾给她很多温暖又临阵脱逃的上海男人以及一个在她怀中一点点失去呼吸的婴儿。钟宇几乎不敢出声打断她，害怕惊扰了她。他知道，她孤独得太久太久了。

后来蒋素秋看着钟宇说，如果那孩子活下来，说不定现在也快有你这么高了，他爸爸个子很高的。蒋素秋微笑着，眼角却流了泪。

就在那时候，钟宇鬼使神差地站起来拥抱了她。那是一个无比纯洁又意味复杂的拥抱，他拥抱她，像拥抱一直生长在自己想象中未曾谋过面的生母，又像一个年长的男性拥抱自己怜爱的女儿，或者说更像一个孤独者拥抱更孤独的另外一个。在那个时刻，钟宇愿意把自己一生所能拥有的暖意都馈赠给她，面前这个年长自己一轮多的女人。

蒋素秋没有推开他。

窗户和门就是在那个长长的拥抱里几乎同时被砸响的。

冲进来的是钟宇的养父母，他们搭的便车坏了，便杀了回马枪。他们身后还有一群飞快蜂拥而至的邻居们。

养母一把将钟宇拉到了自己身后，然后在围观的人群面前飞快地向蒋素秋吐出一串串极其连贯的污辱字眼。在钟宇轰然作响的大脑里，只记得"上海破鞋"那几个字一遍遍地敲打着他的耳膜。

那一晚的混乱之后，钟宇再没有去找过蒋素秋，他羞于面对她，在养母每日对她的唾骂声中疏远她。有一次，钟宇放学回来的路上，在巷道口遇见了蒋素秋。她刚从书店回来，手里抱了几本新书，见了他，远远就停下了脚步。钟宇怔怔地看了她几眼，然后飞快地转身拐进了另一条巷道。那是钟宇最后一次看见蒋素秋。

不久，蒋素秋就烧炭自杀了。

钟宇知道，蒋素秋自杀根源不在于他。她太孤独了，孤独深入骨髓，已经不想在这世间再找温度了。而他在她身边的时候就明白，她以一个成年女人的聪慧和温厚之心温暖了他。他于她而言，却不过是一个需要慰藉的弱小少年，他的火焰微之又微。

但钟宇的年少，终究是随着蒋素秋的死戛然而止了。

钟宇后来考的是本地的大学，大学毕业后一直留在重庆工作。刚开始工作时租了间旧民房，窗口向着南山。后来工作做得顺，买房又换房，也都在南山附近。

"蒋素秋说得对，南山上腊梅多，冬天里没事走一走，一阵一阵梅花香。"钟宇笑着说。

钟宇后来一直没谈恋爱，不知道为什么，他觉得自己似乎没有去爱的欲望和能力。养父母催过他很多年，后来也渐渐死心放弃了。

或许是很害怕与这个没有血缘关系的儿子生疏，他们没有去到远嫁成都的女儿身边，反而在几年前搬进了钟宇的房子与他同住，顺带照料他的生活起居，很是精心。

钟宇对他们很客气，逢年过节送礼物、包红包，偶尔陪他们旅行。只是大多数时候他习惯了一个人独处，所以工作闲暇的时候很少在家待，更喜欢一个人到南山上到处走一走，或在这间自己熟悉的咖啡厅点杯咖啡看书到打烊。

钟宇没恨过他的养父母。他想，他们到底养大了他，让他吃饱穿暖，没打过他一手指头，又供他上完大学。既然没有血缘关系，那就是人生再造之恩。他感激他们，但学不会热爱，就如同他们对他。这个真相就像一个贴着封条的谜底，彼此心知肚明，而又永远不会在那个家中揭示。

在这个物质不再匮乏的年代，人们可以爱上的事物很多。如今的重庆到处是花店和书店，甚至还有了 24 小时不打烊书店。重庆的冬天，常常有人扛着一捆捆的腊梅花出来卖。钟宇常常想，如果蒋素秋活到了这个年代，一定会喜欢它的吧！

如果她还在，他一定会常去看她，夏天带路边老太太竹篮里卖的串串黄桷兰，冬天拎一捆绑得柴火一样却香气傲人的腊梅花。

他知道，她一定会喜欢。

钟宇略略倾着头，沉在自己的记忆里。咖啡馆的台灯下，他的脸上露出一种极静极远的微笑，他身后的窗外，南山在夜色里青影绵伏。

我想，或许钟宇也是幸福的吧，与这尘世热闹相拥的男女比起来，他只是幸福得不一样罢了。至少，他拥有这满南山的腊梅，和永远不会在尘世里玷污的清幽梅花香。

你和冬天一同远去

城市 ● 西安

春暖花开的时候，我们分开了。

如果你看得见我心里的想念，我是那个和你穿行在同一座城市里，站在没有你的生活里，想起你时便悄然微笑着流下泪来的人。

我一直想写一写抑郁症。因为曾经很近很近地看过它。

白色坐在我对面，左手腕有极浅的疤痕，不留心已经看不大出来。那一场凶险暗疾，连同一个曾亲密相偎的名字，已经随着时光一起离她而去。

那年丛彬出现的时候，正是她鼓起勇气去医院确诊抑郁症后不久。那之前她的情况已经很糟糕，彻夜失眠，记忆迅速衰退，与别人对话时大脑运转总是要慢一拍，常常要很费力才能弄懂别人很家常的一句话。曾经让她感觉痛苦的几桩生活琐事：失恋，又或是一些被算计和背叛，那时都在脑海里模糊不清，只有一个求死的欲望是清晰的，那种欲望来自于一种不想与这肮脏世界共存的奇怪又强烈的心理。她体内的理性与欲望日夜搏斗。

比起与病情的对抗，她那时觉得更累的对抗来自于伪装。她每天要竭尽全力才能做一个别人眼中的正常人。上班下班，有条不紊地完成着自己的工作，朝九晚五，一周五天。在每个有熟面孔出没的场合里，冷静地控制住那些自抑郁后就常不自主莫名奔涌的泪水。在所有认识的人面前伪装成正常人，这是件比迟钝运转的大脑和不时袭来的悲伤绝望更让她感觉痛苦的事情。

就在这样的情况下，她去见了丛彬。

丛彬是她朋友的朋友。她那时已很排斥社交，许久都不愿意同朋友相聚，手机也时常是关机状态。只偶尔开机给远方的父母打个电话问好，又或者在失眠的深夜偶尔开机查看短信，即便看了短信也多半不回复。那天答应同朋友去见丛彬，更像她心上跃过的一个偶然。

丛彬那时刚从年轻气盛的人生巅峰跌落，从一场事故中认了命，接受了下半生半身不遂的定论。他在沉寂许久以后决定做点儿力所能及的事情帮助同样际遇的人，其中包括办一份针对截瘫的报纸。于是他们共同的朋友第一时间想到了在报社做编辑工作的白色。

从第一次见面，到后来丛彬的房子成为她在这个城市最温暖的去处，一切水到渠成。在他们之间，有一种说不清的默契亲密，它在他们第一次见面时片刻的怔忡间便初现端倪。

办报纸的计划后来无疾而终，那个办报念头在丛彬脑海中闪过的意义，是在那两年里，他们的孤寂都被打断，收获了彼此的陪伴。

白色一次又一次走向丛彬，推开他房间的门，那个动作从困难迟疑到越来越习惯和愉悦。

她没有同他聊过抑郁症的事情。她那时尚觉得那三个字是难以启齿的，事实上每次走进医院精神科时她都感觉耻辱。她无法开口向任何人吐露自己也没有消化的事情。

但丛彬是唯一一个见过她眼泪的人，她那些虽然生着病难以自制却依然会聪明地不肯在熟人面前流下的泪水。有天她突然回过神来，发现自己在丛彬面前，眼泪一声不响地滑落，满脸湿漉漉。丛彬什么也没有问，只是递过来一双温柔的手，轻轻按在她的肩上，将她揽进了怀中。

她感激他，感激她在他面前不用竭力伪装，感激当她现出那些异于别人的古怪时，他有多沉默就有多温柔。正如有几次丛彬家突然有客人来访，她佯装上厕所躲进卫生间久久不肯出来直到来人离开，丛彬没有问责取笑过她一句。好修养如丛彬，后来只要她在，但凡客人稍待长一些时间便在言语间暗示自己疲累催促客人离开，这让她很有些愕然，也心生温暖。

后来，白色渐渐不在来人时躲进卫生间。只要丛彬在身边，面对别的面孔好像也慢慢变得不是那么可怕。她在一次次走向他的路上开始心生雀跃，慢慢就忘记了死的念头。

每每想到这世界有丛彬，她觉得这世界也变得美好起来。

这个离她家乡千里之遥的北方城市，在那两年里，有一盏灯光是等待她的，她每每走到小区门口抬眼望见丛彬房间窗口的黄色光芒，心头便如湖一样温润。

故事是怎样开始的，又是怎样结束的，好像一直没有清晰界线。

纵使相伴两年，他们从来不是名义上的男女朋友。

他们因为爱情变得温柔，又同样因为爱情变得残忍。后来，他们像两只刺猬，挥着只有对方能看见的小刺保护自己。他们在一次次微妙的试探与失望里定义彼此的关系。

丛彬是一个家境优渥到惹眼的身残富二代。白色是一个空手奋二代，同龄人中算混得工作体面却背地里时常需要走进医院精神科按时去领抑郁药的媒体人。对于他们的相伴，两人的朋友都带去周边的风言风语和善意提示。两人似乎置若罔闻，态度却悄然发生变化。

丛彬想换一辆空间更大的车方便受伤后的自己出行，他请白色陪自己与家人一同去选车，白色委婉地拒绝了。丛彬父母想给丛彬在曲江多置一处别墅，丛彬问白色参考意见，白色不动声色地转移话题，完全不想参与。

白色曾同丛彬探讨爱情也隐晦探讨两人未来，丛彬亦顾左右而言他。白色也曾数次以其他追求她的男性相激，丛彬完全避而不理。

两个人都觉得自尊很受挫，有一段时间关系很磕巴，自然见面就慢慢少了。

爱着的人总是自卑的。他们中间有一道墙。白色和她的自卑住在墙的这面。丛彬和他的自卑住在墙的那面。他们扬起一身声势虚张的刺，在弄伤对方前先扎得自己血流不止。

那段时间白色过得不怎么开心。但那种不开心是标的明确的，在她的生活中自带局限性。并不像曾经那场抑郁症，差点儿就席卷走了她全部的人生。

那时候白色开始恢复同朋友相聚。她甚至开口告诉了她最为信任的一个朋友关于她和丛彬的事情。那位年长她几岁的聪慧友人在片刻沉默之后，同她讲了一个关于 70 分的道理。他告诉白色，这世界上每个人的幸福值都是不一样的，当那场事故在丛彬的生命中发生，他人生的幸福值便注定满分只有 70 分，白色不能去同丛彬索要 100 分的幸福。

白色似懂非懂，但当时自己心中亦已看到结果。

那年年底，白色离开了丛彬，鲜少再到他的房子里去看他，也再未在他的隔壁房间留宿过。

丛彬房间的隔壁房间曾是专门留给她的，那里面还有一套丛彬妈妈专门买给她的粉色睡衣。在那里的许多个深夜，白色曾心里想着隔壁的丛彬，一颗心就被满满的安全感和温柔感包围，慢慢坠入沉沉的睡梦里去。那是一所愈合了她的失眠和她那些不为外人所见的千疮百孔的房子。

离开以后，她还是时常在下班后绕行，路过那个小区，站在路边远远看几眼那熟悉的黄色灯光。她始终没有哪次会失控，没有哪次会不顾一切地走向它，推开她曾无数次想去推开的那道门。

丛彬也没有问过她一声为什么不再来。他们的分开，如同他们第一次见面时的怔忡第二次见面时的不必邀约一样默契。

再后来，白色相亲，结婚，嫁给了这城中的一个北方汉子，她那在西安漂泊了好些年依然坚持南方特征的胃终于开始认真地接纳面食，甚至学会了自己擀面条和包饺子。

他们的婚房也选在曲江。白色每次开车回家时，路过丛彬家的小区门口，总会远远就放慢油门，慢慢途经他那盏灯光。她有时会扭头多看一眼，有时也不。无论看与不看，路过它，都像她心上的一场仪式。她有时恍然觉得她也许会在心中日日这样同他告别，直到用尽余生。

直到丛彬后来搬离，搬进了他的别墅。白色一直没有记清丛彬的别墅是在曲江哪个楼盘。也许是受那时别人说她看上丛彬家有钱的风言风语的影响，白色一直刻意规避这些财产上的事情。她的五官视听同她的意识都一直抗拒着这些信息。关于那套别墅，它的位置、构造、具体价值，白色都一无所知。她对它的唯一记忆，是有天丛彬在房子里同一个负责庭院景观设计的设计师谈方案，在白色路过他们的时候，丛彬突然扭头问她："你说的那种树，就是你最喜欢的那种，黄色花，有香气，叫什么？"白色愣了一下，答："黄缅桂。"是了，在白色的家乡，有那种叫黄缅桂的树，花开时节满街馨香，常有人摘了用细线穿起来戴在腕间，白色自小非常喜欢那树，曾同丛彬闲聊时说过以后如果她有院子一定要在院子中间种一棵。那天，丛彬就用手指轻叩着图纸说："这里，种一棵黄缅桂吧。"设计师迟疑地答："我知道，就是我们四川叫黄果兰的嘛，不过这树在秦岭北边恐怕不好过冬啊……"他们还在说着，白色端着水杯回房去，心里充盈着被感动的暖意。

怀孕生子那一年，白色路过小区，总不见丛彬窗口亮灯光，但不管怎样，还是习惯每每抬头看一眼。后来见丛彬鲜少更新的朋友圈有天发了图片，才知道他早搬进别墅里去了。

原来他们后来是会在人群中那样生疏的。他的消息近况，她会是他认识的人里极晚知道的那一个。这是他们曾在最亲密的时候没法去想象的。

白色没有后悔过离开，特别在生了儿子之后。儿子那张萌萌的小肥脸，她一天 24 小时盯着看都不嫌够。

丛彬的身体情况是很难生育的，仅仅出于这点，他的骄傲也让他不愿意结婚。他曾私下同朋友说：他爱的人他舍不得，他不爱的人他不甘心。曾经有一度他的家人想过花重金请人为他代孕试管婴儿，他亦拒绝了，觉得自己的身体情况履行不好一个当父亲的责任。

有时看着儿子可爱的面庞，白色会想起丛彬，那时候她就觉得自己活得未免太幸福，幸福得有些残忍。她这半生都感激命运，唯独在丛彬这件事上，她有些恨老天，恨它让丛彬这样优秀温柔最适合做父亲的人却终此一生难有属于自己的孩子。也是这样的愤痛惋惜，使得白色想到：原来时间流过去，流过去，她真的有一天是会承认丛彬的幸福只有 70 分的。

这一年，一个叫乔任梁的明星自杀，带来了许多人对抑郁症的关注，网络上有一阵铺天盖地全是这三个字眼。它们唤醒了白色一些久违的记忆，唤醒了她心中曾经不敢面对的一段光阴。

只有像白色这种与之对峙过的人，才知道那三个字背后究竟有多可怕。那时候与她认识的病友，几年里好几个都跟着死神走了——跳楼、割脉、服毒，方式惨烈。

抑郁症像一条黑暗河流上的独木桥，白色与他们都是在漆黑里过河的人，耳边一路都是坠河的声响，安然抵达彼岸的人寥寥无几。而丛彬，就是那时从黑暗里伸过来的一只拉住白色的手，温柔地把她挽留在这人间。

白色笑着指指窗外那个人行天桥对我说："你知道吗，那个天桥，那年生病时我每次路过它时都要在上面发呆，想着要不要跳下去，一跳下去，就什么都结束了，我的人生从此可以告别和清盘。而现在呢，我刚刚从上面走过的时候，看到桥下路中间绿化带里的花开得那么美那么好，我就想，这世界美好的事情这么多，我那时候是怎么舍得想去死的呢？"

她是蹚过黑暗上岸的人，从此更懂得珍爱黎明的光。

那么唯一的悲伤是关于他的。

这世界上有那么多人是可以牵手走到最后的，但那其间没有她和丛彬。

白色说，在二十来岁青春正盛时没有得到的人，于后来的一生都会是伤口。如果你在年轻时配得上孤勇的时候，没有勇气去抓住一个人，不管是出于什么：金钱、诋毁、来自家人的阻碍、自尊……

后来你就再也不会有机会去抓住他，就算后来你在命运里有钱、有名利、有了你曾经避讳他拥有的一切，你依然会找到新的理由打败自己，永远不具备去抓住他的勇气。

而白色没有为丛彬克制住的最后一次动容，是当她在他朋友圈看到他贴出的别墅院落的照片时。他庭院里那棵高大的黄缅桂，她看一眼，就管不住泪水纷纷。

那个曾在四面楚歌八面杀伐的孤独暗夜里伸手携她上岸的人，此生注定在那弥漫记忆的花香中，与她永生别过。

你是我的雨夜星辰

城市 ● 长沙

曾经是那样深爱过的人，原来没有她，竟也还是过得那么好。

陆小川的朋友都知道他曾经波澜壮阔地爱过一个女人——一个已婚女人。

陆小川自诩开车开得好，自打十九岁开始摸车，别说剐蹭，连违章都没有过，直到他把人给撞了。那是刚入秋的一个雨夜，在白沙古井附近一处坏的路灯下，她的身影幽灵一样出现，他急踩刹车也来不及，她那张长卷发下苍白的脸就惊惶地闪在他车的挡风玻璃前然后坠落在地。

所幸她伤得不算重，左臂骨折，身上多处软组织损伤，医生让休息一个月。

赔偿是她丈夫出面谈的，她在一旁，不知道把他们的对话听进去没，前后一句话也没有，全然不关心的样子。赔偿事宜谈得算顺利，其间他拎着营养品去医院看过她几次，她丈夫有时在，有时不在。两口子对他都疏淡而客气。他有点儿好奇，他从未见过这对夫妻举止亲热的样子。住院费是他来结的，她不是讹人的人，在医院躺了不到一周，便主动出了院。

而得知她出院的时候，他心里竟然有微微失落。就是那夜的一撞，他的心也刹不住车了。他发现自己时常想起她的脸，清淡的礼貌的忧郁的样子，仿佛一切都无所谓的神情。陆小川十六岁开始早恋，到那时换过的女友早超过了一只手的数字。那种微妙又深刻的惦念，却是他之前从没有过的。

撞她那晚他加了她的联系方式。晚上睡不着的时候，他常翻她的微信来看。她的朋友圈几乎没什么内容，但微信头像是她的背影，他就盯着那背影一眼眼看，像个十几岁的初恋小毛头。

陆小川自己经营着一个七八个人的电商小公司，那时正巧租的办公室到期，房东涨价过高，他考虑换地方。找新房源的时候，他鬼使神差地看的全是她家附近的办公楼。他发誓他那时什么想法也没有，只是希望能远远见到她，能多看她几眼他就感到满足。

后来两个人还是走到一起了。他情不自禁地在微信上找话题同她聊天，从问附近有什么适合吃饭的地方开始。她默契地去了她向他推荐的餐厅，两个人从那一场不是偶遇的偶遇开始一起吃饭，从附近到长沙城别处更远的地方。他看得出她不排斥他的接近。然后是看电影逛公园轧马路，一切像流水一样自然，像所有正常的小情侣一样。除了在这个节奏似乎很快的时代他们不约而同地选择了慢，两人在轧了两个月马路时开始拉手，又用了半年开始亲吻。那时候，在所有的对话里，他们都刻意避开了有关她丈夫的话题，仿佛他们不提，他就可以不存在。

再后来，她跟他回了他家。他给她做饭，她就挽起袖子帮着他收拾房子。他看着她在他房子里自如走动的样子，心像春雪一样融成水。他多希望那就是他生活里本来的样子，在他的屋子里，这个女人，每天目送他出门，又安然地等着他回家。

在他的房子里，该发生的不该发生的都发生了。她不让开灯，事后也很快地穿好自己的衣服。一切都在黑暗里。但这不妨碍他感觉激动和美好。

事后她躺在他怀里听他讲故事。他有很多故事，它们来自他的身边人、他听过的评书、他所看过的书和网络还有一些道听途说。他以前也没有发现，自己是那样一个善言的人，他好像有吐不尽的话要说给她听。而她总是笑盈盈望向他，似乎永远也不会有听厌的时候。

那时候，他情话也说得很溜，他之前在自己的成长生涯里从不是什么文艺青年，那时却总有很多很美的情话自己从心里蹦出来想要说给她。他自己印象很深的一次，是他突然想要同躺在他怀里的她说："你是我的雨夜星辰。"

你是我的雨夜星辰。这句话是什么意思呢？其实他自己也不是很明白，就是觉得很美，美到珍贵。

美好之后，就是一些恍如梦醒时刻的突然袭来，让他感觉巨大的失落。他嫉妒那个和她有着法律上坚实关系的男人，那种嫉妒像一群小虫开始日夜啃噬他的心。

事情到底是不会潜藏太久。

事发的时候，她丈夫冲进陆小川办公室来打他。陆小川是长沙本地人，朋友表兄弟一个个离得都不远，飞快地闻讯赶来。不到半小时他办公室里就聚了十来个人。陆小川一一拦住他们，说："让他打，我欠他的，我该打。"那天他结结实实挨了一顿打，心头反而落得轻松。她丈夫出门的时候，他一面擦着头上的血一面在他身后冷静地说："你随时同她离婚，我随时娶她。"

陆小川后来给她发信息，她都不再回他。那些天他难过得有如行尸走肉，连身上的伤和头上缝的那三针也不太感觉得到疼。他以为她是准备不再理他了，却在一天回家时看见她站在他家门口。她在等他。

那天她没有再躲着灯。他褪了她的衣服，他们那天什么也没做，他紧紧把她搂在怀里搂了一晚上。她身上全是伤痕，触目惊心，新痕交错着旧痕。那个晚上他才知道她在她的婚姻生活里到底经历了什么。他决意要帮她，也是帮他自己。"你别怕，我是本地人，他一个外地人不能把我怎么样。"他安慰她。

他带了人去她丈夫单位楼下堵了他，远远眼神交接后并未上前，一众人开着车跟着那男人往回家的方向走。他们在半路拦下了他，把他拉进一条背街小巷里打了一顿，不到半月的时间，打人者和被打的人角色戏剧性地反转。陆小川下手挺狠，他一想起她那满身伤痕就恨得心颤。

"跟她离婚，我给你十万。否则以后我每个月收拾你一次，只要你人在长沙。下一次，就是在你单位门口。"这是陆小川给他的选择。那男人最后被打得跪地保证一定会签字同意离婚并且从此绝不再动她一指头。

陆小川没有把那十万块的事情告诉她。她离婚后发了微信给他，说谢谢。然后她就从他的世界里消失了。

他再也没有见过她。

那些许多个一起看电影轧马路初恋少年般遛遍长沙全部公园的日子，仿佛都是假的。那曾拥她入怀抵死缠绵的夜晚仿佛只出于他的想象。那些她从他怀里抬起头来望着他入神听故事的神情，仿佛只是他一个人记忆的纰错影像。

但这种结局，陆小川心里又似乎并没有过分意外。关于这结局的预感隐约一直都在，只是他未曾敢在真相面前抬起头来。

陆小川想起，同她在一起的那么多个日子里，他从来没有开口问过她爱不爱他，哪怕一次。他知道，他其实是不敢问，怕她太诚实。

她是一个滑落在生活的湖底拂手找救命稻草的人，在那个初秋的雨夜她阴差阳错地抓住了他。而他伸向她的那只手，全然是主动无悔的。

她真的没有爱过他吗？这或许是陆小川会困顿一生的谜题。

但他相信，她在他身旁，一定是拥有过最柔软温情的时刻的。他记得她伏在他怀中听他讲故事时仰头望向他的眼神，那么专注而清澈。他也记得，在他向她轻吐出那些情话的温柔时分，她眼里亮亮的全是星辰。

她确是他的雨夜星辰。它是他曾见过的最美景象，美若神迹。只可惜，再好听的故事，也终有讲完的时候。而雨夜，注定留不住星辰。

后悔吗？后来身边的好朋友都曾这样问过陆小川。

不后悔。陆小川摇头。

"那样打破过自己心底的一条条底线亦要忍不住去爱过的人，怎么会言后悔呢。"他对我说。

如今的陆小川已经是一个两岁女孩的父亲。在她离开后的第二年，陆小川在父母安排下相亲，结婚。他妻子脾气和厨艺都很好，朋友们在陆小川婚后都喜欢跑到他们家来蹭饭。婚后的陆小川过得热闹而幸福。

他已经很久不同人聊起她，再聊起的时候，神情还是有些怔忡。

"就是有点儿难过啊。曾经那样地深爱过她，原来没有她，竟也过得那么好。"陆小川说。他抽了一根烟，望着远处笑着。

我看着我眼前的陆小川是怎样笑着笑着，就一点点湿了他的眼角。

有些人，有些事，注定是我们一生中最美丽也最残酷的坐标。

此生无法飞越
有些孤独，

城市 ● 靖安 VS 法国 · 阿维尼翁

最后只有你一个人有前方。

而是说好的两个人一起走，

孤独，并不是无人可言欢，

可是他们知道什么才是真的孤独吗？

这世界人人都在说孤独。

　　生命里有些人有些事很奇怪，明明已经过去了那么多年，明明表里内里的波澜和伤都平息得差不多了，却偶然会在一些瞬间活过来，排山倒海地把你这些年生活的痕迹剥洗得干净露骨，你发现你和过去的联系从来没有断开过。

　　于是你明白，你从来没有忘记他。

　　他这样想的时候是在飞机上，去欧洲的飞机上。

　　他在飞机上是家常便饭，他是一个飞行员，一位卓越的机长，年纪轻轻却已经执行过数百次飞行任务，凭着过硬的技术与心理素质冲出过诸多飞行业内不为外人所知的险况。飞机他开得比坐得多。

这一次不太一样，他是出来休假的，参加了一个欧洲旅行团。

他是个活泼开朗的人。坐他旁边的团友们问了他的职业后，开始缠着他讲有关飞行的种种，他也乐意同他们分享。一路上，坐他身边的团员聚得比导游身边多，众星捧月似的。

直到坐他身边的团里姑娘看着讲得眉飞色舞的他，突然问道："你这么喜欢你的工作，是从小就想着要当飞行员的吗？"他的心就在那个时候不为人察觉地悄悄沉下去，沉下去，凝固了一秒。

他想起他了。

和很多男生一样，他的年少也有一个好得形影不离的好兄弟。

那时候，他们在学校一起打球一起吃饭，放学后一起蹬着自行车回家，周末都没少在对方家里蹭饭。他们一起喝过人生中第一瓶啤酒又换第一瓶白酒，知道对方喜欢过学校的哪一个姑娘。他曾有一只脚意外骨裂，两个多月不能走路，他兄弟每天骑着自行车来接他上下学。他兄弟家是城郊的农民，家境不好，有一年的学费他爸妈拿不出也借不足，险些失学，是他回家跟父母连撒娇带撒泼，透支了自己一年的零花钱垫上了。

他俩从未跟对方说过谢字。在年少的他们看来，那些林林总总就是过命的交情，他们是要做一辈子好兄弟的。

他兄弟的梦想，就是当一名飞行员。他兄弟是一个敢想的人，小城就那么小，没出过几个有名头的人，搜遍小城他俩认识的人里也没有谁家有人是飞行员。但他相信，他兄弟既然想了，就是一定能做到的。在他眼里，不，在所有人眼里，他兄弟就是那样一个优秀的人，早熟独立，成绩优秀，主见笃定。在他兄弟那个平凡的农民之家，这样一个人见人赞的儿子更是承载着全家人的希望。

像所有青春热血的少年，他们热烈地讨论过很多以后，未来在他们眼里就是万花筒。他们谁也不会想到，他们之间只有一个人有未来。

高三上学期，他喜欢的女孩子随父母工作变迁转学到别的城市，他兄弟看他那天心情特别低落，加上近来学习紧张大家都有些疲乏，便提议去郊区的水库边玩一玩。水库明令禁止游泳，但看守并不严，他们这些当地的野孩子基本是每年都要来游上几回的。

那天的游泳是他提议的，先扎下去的却是他兄弟。他看着他兄弟麻利地脱去上衣和长裤，露出一具结实漂亮的青春躯体，在半空中甚至还打了个潇洒的呼哨，一头没入水中，欢快地游了起来。

他方脱了衣服，正要下水的时候看见守水库的老大爷走了过来，于是急急向他兄弟打了个手势，便抱着两人的衣服就躲进了旁边的灌木丛里。

等他从灌木丛中出来的时候，他兄弟已经不见了人影。

那天晚上，他兄弟湿漉漉地躺在水库边一圈举着火把来找他的人群里，躺在亲友的号哭里，躺在他呆若木鸡的眼泪里。所有人都推测他是在水中脚抽筋。谁也没想到这个从小游泳游得比别人都好的小伙子最后会把自己交代在了水里。

而他从水中伸出 OK 指形向他露出心领神会的那个笑容，是留给他的最后记忆。

他以往听人说青春之殇，总觉是无病呻吟。他和他兄弟都觉得所谓青春，百般骚思蠢蠢欲动，总是害怕平淡，才恨不能多折一簇苦痛来自我装饰。直到兄弟的离开，给了他青春拦腰一击。有很长一段时间，他的世界暗无天日，他才觉得"殇"这个字眼造得真是可怕。

他那时候疯了般惧怕所有与死亡相关的字眼。那时他在路边无意中看到被小孩写到墙上的一个"死"字，他竟然都会在一个颤栗后忍不住狂奔起来，他几乎以为只要自己跑得够快就可以甩开它，那个噩梦一般的字眼。

他兄弟的葬礼，他也没有勇气去参加。那天他把自己锁在屋子里，近一米八的大个子，头窝进膝盖里，瓮声瓮气哭得像个孩子，那是他长大后第一次放声痛哭，也是唯一一次。在某个时刻，他似乎能在耳边听见棺木沉重落下的声响以及扬土的簌簌声。

那两个月他没有去上学。父母很体谅他，默默地给了他莫大的支持和陪伴。两个月后他回到校园时，除了变得沉稳静默，学习异常努力，已经看不出哀伤。

他喜欢画画，初二时就开始学画的他，高考报美术专长生几乎是没有疑问的。但是他的选择出乎了所有人的意料，他去考了飞行员。他高考前突飞猛进的成绩最终使他突来的梦想成了真。

拿到录取通知书那天，他去了他兄弟家。

那一对他以往总亲亲热热唤叔叔阿姨的夫妇似乎是在这大半年的时间里飞一般地老去了。两张憔悴的面孔，用同一种复杂的眼神注视着他。他们没有再像以前一样和蔼地对着他笑，搬出家里的零碎堆在他面前催他吃这吃那。他们只是那样静静地看着他，看得他手足无措，感觉嘴里吐出任何一个字眼都将是不对的。

他们三个人就在墙上那永不会再老去的少年的目光里，对坐着沉默了很久。

在他要告别离开的时候，那位父亲挽留了他，他说等一等，他儿子有东西留给他。他跟着那位老父亲走进了他兄弟的房间，那间房子因为久无人住而显得幽黯晦涩，床上叠着一铺锦丽的缎面寿被。

老人用那双有些抖的手把那床寿被铺了开来，他铺得细心而温柔，仿佛里面就躺着他的儿子。"这是他走的时候盖的，我专门留了这床一模一样地给你看看，让你知道他走的时候是什么样子，他走的时候你没来送他。"老人说，他低哑的声音在空寂的屋子里竟然有一丝回响。

他夺门而出，泪盈满眶。

他知道，老人此生是不会原谅他了。

在那辆开往法国南部的旅游大巴上，那位飞行员一直沉默。

晚上在阿维尼翁乡村酒店的大堂里，他喝下一瓶当地的红酒，开始慢慢地向人道出他的故事，他尘封了十四年未曾开口与人道出的他与他那兄弟的两人故事。

后来他看过那么多的风景，是另一双眼睛再看不到的。他曾拥身向前所怀抱的蓝天，是另一颗心心心念念却究其短暂一生夙愿终不可偿的。他更改了他人生的去向，只希望能延续另一个生命的轨迹，哪怕是以一种别人无法见证无法理解的方式。

他在遥远的法国南部的夜色里，对旅行团里一个素昧平生的姑娘道出这曾在光阴里追着他日夜兼程奔跑的往事。

他对她说："这世界人人都在说孤独。可是他们知道什么才是真的孤独吗？孤独，并不是无人可言欢，而是说好的两个人一起走，最后只有你一个人有前方。"

是的，我就是那个与他同团、飞机上与他邻座的姑娘。

我无言作答。

我怎能说得尽，这世间的事，这世间的人心，这沉浮在命运里的你我交错。它们如此这般，要多残酷就有多么残酷，要多美好就有多么美好。

我唯有转过身，凭夜风，掩我满面泪纷扬。

顺流而下的人生
和逆流而上的心

城市 ● 郑州

我们的心疼或不疼，
喜悦或悲痛，
黑夜的降临不等我们，
白天的重复不等我们，
日月星辰都不肯等我们。
等待我们的，
只有潮水拍岸般如约而至的前方。

有整整八年的时间，她一直在希冀同他离婚。希冀，然后总是欠缺临门一脚的勇气。

她就是这样一个不果决的人，一点儿背叛就会让她的心冷如冰，一点点温柔就又让她冰冻的心回春。就像当初她嫁给他，她深知他在男女关系上的品性，她犹豫、纠结，最后还是抵不过他求婚那一刻的浪漫温情。

对她这样不果断的人来说总是这样：一开始放弃总是不甘心的，那么就一直要等，等到亲眼看着生活像一把钝刀，一刀一刀，钝血滞肉，割杀得两人气血全无。

现在这个与她再没有法律关系的人躺在她面前，他用悄无声息的永恒告知她，他从今往后真的要从她的人生完全退场了。一直以来禁固她的玻璃茧破了，是飞翔是坠落全由她选择了。

她的包里有两张飞往新加坡的机票，明天她和儿子就要走了，那边的小学要开学了。把年幼的儿子送去新加坡上小学把她送去陪读，都是他的主意。

她一直都不喜欢拿主意，最擅长的就是点头说好。就像八年前他向她求婚，在漫天他朋友扬的人造雪花里，她看着他的脸，恍若看见了自己的一生一世，她笑着低下下颌，说，好。

就在那一声好里，她的小半生就过去了。

他们恋爱的时候，他就有些花心，手机上与不同女人暧昧的对话她发现好几次。他们争吵又和好，终于还是携了手，齐案盼白头。

婚后他本性难改。后来做生意赚了些钱，他出手又大方，他身边各色女人更是前赴后继，她陆续都有耳闻。

他处处留情，对她和孩子却还是温柔掏心的。从她怀孕时他开始亲自给她倒水洗脚，这个习惯直到她生完孩子以后他也一直延续着没有停。他在家里对着她和儿子时的宠溺表情，有时会让她疑心他的诸多红颜只是她的一场纷乱噩梦。

他在外面再如何，底线是一定会回家过夜。那些年她痛苦过，也焦灼过，每每入夜时常通宵难眠，她想象着躺在身边的这个男人，白天不知道又过去哪里，游荡过谁的床，心就疼得蜷成一只虾球。

她从刚结婚的那年就想过离婚。这些年她提过很多次离婚，他都不同意。

每次她提出离婚之后，他都会收敛一阵，仿佛醍醐灌顶般，每天按时回家陪着她和儿子，望向他们的眼神犹如珍宝，举止也更加体贴温柔。等那种害怕失去的心一松懈，他又复了旧。

她有时觉得，他对她的温柔一丝一缕都来自他的残酷。而她偏偏是那站在他残酷的温柔面前丢枪弃械城池尽失的人。

她有时也想，她会不会就这样度过她的一生。她被装在他给她编织的玻璃罩里，像一朵日渐干涸的永生花。麻木前行是不甘，全盘推翻是不舍。

她觉得自己是吃了生来性格不果断的苦。可这是她的天性，她也没办法克服。

她能为他隐忍到什么地步？她一开始自己也不知道。

直到有一天，她开车去麦德龙买菜的路上因为堵车停顿，就那两三分钟的时间就看见他搂着一个年轻女孩的肩从路边的商场走出来。女孩笑靥盈盈，手里拎着一只装在购物袋里的古琦新包。路通了，她踩油门的脚都有点儿抖。她一面开车一面暗暗对自己说："毕竟他不是傻子，知道人家爱的不是他，而是他为她掏的钱刷的卡。"她的车轧了线，旁边车道的车一边按喇叭一边探头看她，诧异地看见这女司机脸上的泪水横七竖八淌了一脸。

那天她去麦德龙照旧买了一袋新鲜罗勒，他和儿子都最爱吃罗勒烧茄子。晚上他又是临睡才回来，打开冰箱拿牛奶时看见吃剩的罗勒茄子，伸手就捻起一撮往嘴里塞。他一边吃，一边走回房间对她说："媳妇，今天去麦德龙啦？有罗勒烧茄子吃怎么不打电话给我，早知道我就回来吃晚饭了。"她把半边脸埋在枕头里不语。

他关灯睡下后，她问他："你是不是傻？"他没听清楚，问了声啥。她说："你不是傻，我才是。"他假装生气掐她脸逗她："你居然敢说我媳妇是傻？你有胆给我再说一次。看我不好好收拾你。"

她当然没心情同他打闹，却也没了力气同他愤怒，一颗心哀哀地，早已沉在了湖底。她看穿了自己是个没有出路的人，在他和她的这段关系里。

她开始相信她就是会这样过一生的。外形完整无缺的，内核缓慢失水的，以一朵标本的形态，她会用尽自己余下的全部光阴去为这个年轻时爱上的男人埋单。

就在她这样想的时候，就在她对余生俯身认命束手的时候，他突然主动提出了离婚。

儿子归她，两套房子中新的那套复式给了她，还有两百来万存款。他要了他们住的那套三室旧居。

她从来没有见过他那种坚定不回头的神色。于是她拿出了她一惯的没主见的在生活里随波逐流由人推搡的样子，她说，好。

两百来万，在他的资产里应该不算多吧。她从来不过问他的账目，大抵也知道他生意最顺的时候一年就赚过四百多万。她只盘算着，儿子去新加坡读书的事宜他早安排好了，这笔钱够他们母子两人生活了，省一点儿花，大概也够养儿子到大学毕业了，再不济她还能回郑州来卖房子。够用了，这就行了，既然真的要离了，她不愿意再同他有所纠葛。

为了照顾儿子的情绪，搬家那天她带着儿子回了天津娘家住了半个月。这期间他替她完成了搬家。回到郑州的那天晚上，她下了高铁，带着儿子习惯性地打了车就往以前的房子走。走到半路，儿子在旁边问她："爸爸呢？爸爸怎么没来接我们？"她如梦初醒般反应过来，又让司机掉头往新房的方向开。对司机说完地址，她忍不住把脸一捂，泪水就奔涌下来。儿子在旁边手足无措，呆了半天上前抱住她一侧肩膀，贴着她小声对她说："妈妈，你别哭了，我不问爸爸了，以后都不问了。"听着儿子怯怯的话语，她只觉得泪水流得更迅涌。

新房子收拾得整齐干净，东西很齐全。他把能搬的都搬过来了，她的个人物品，儿子的玩具，家里绝大多数的家私，连她最爱的几盆盆栽都一并搬了来。

离婚了，他还是要这样塞给她他最后的温柔。

她坐在那些无言的物件里，想象他是怎样把它们搬过来又怎样替他们母子俩一点点收拾屋子的样子。她知道他那时神情必定是温柔的。温柔是他的天性。这就是他最毒的地方。

她又猜想，家具大都搬了过来，或许是他要新换的女主人决定的吧，她一定想亲自去置办新家具，她会一点一滴重新打扮他们的家，像许多年前的她和他一样。

她在一个人的想象里揪心刺骨地疼着，终究也没有允许自己停下来疼太久。

夜色下来了，该带儿子下楼去吃饭了。坐了半天高铁，儿子也累了，今晚该让他早早洗漱睡下了。

我们的心，疼或不疼，喜悦或悲痛，黑夜的降临不等我们，白天的重复不等我们，日月星辰都不肯等我们。等待我们的只有衰老和死亡。

而有一些人，他的生命里连衰老也没有。

也许就是传说中的第六感，那一天她一直心神不宁。小叔子给她打电话的时候，她突然心悸得不能自已。她颤抖的手指在屏幕上滑了两次才接通小叔子的电话。

他死了。被人追债的时候从阳台上试图翻进公共露台时摔了下来，医院的救护车到时人已经没了。

她这才知道她这一天的魂不守舍都从哪里来。她爱过也恨过的那个男人走了。她的儿子从这一天起是真的没有爸爸了。

也是从小叔子那儿，她才知道，原来他大半年前就已经破产了，一直撑着，没有透露给她。投资连连失利，债务滚雪球一样大起来，大到他终于心灰了。避到不能再避的时候，为了安顿她和儿子，他提出了离婚。把能拿出来的财产都给她了，只留下了这套婚前他父母买给他的房子，留作栖身。被欠钱的公司也是急了眼，雇了讨债"组织"。被雇去的那伙愣头青也就是在那套他们一家三口住了那么多年的房子里找到了他，在他们破门而入的时候，他的人生走到了绝路。甚至没人说得清他是失足还是自杀，一切随着他永远的沉睡都成了谜。

她一直印象很深，在《红楼梦》里，因为宝玉前身作为童子给身为绛珠草的黛玉浇水续命，黛玉后来便将那浇水之恩用眼泪全部还了宝玉。她想，她此生为他流了这么多的眼泪，他的来生是否还会有更多的温柔去偿还她？若是那样，她真的还要遇见他吗？

她不知道，是真的不知道啊。

从殡仪馆回去的路上，她开着车，一路走一路哭。路过陈砦花市哭，因为她记得他曾在那里给她买过花。路过百盛也哭，因为那是他向她求婚的地方。路过麦德龙也哭，因为他们一家三口曾经一到周末就手牵手地在里面逛……满个城市都是他和她的影子，兜头而来，她无处可避。

她知道自己原本不是没主见的人，她恰恰是太过笃定。她嫁给他，是因为她爱他，不断付出包容，任凭心痛着依然想扑身下去的那种深爱。她想了八年离婚，却没有一次够坚决，因为她知道自己根本就舍不得离开他。她后来答应同他离婚，也不过是因为他主动提出的姿态，让她以为他不再爱她，她不想勉强他。

在郑东商场麦德龙附近的咖啡店，我听完了这个故事。

喝完最后一口咖啡，她拿起包微笑着同我告辞。儿子要放学了，她该赶去接他了。她给我看过她钱包里他们一家三口的照片，她儿子的小脸同父亲长相如同一辙，那上面的三张面孔都以同一种气质齐整整暖暖地笑着，准备对生活倾尽温柔的样子。

那天从殡仪馆出来后她回家问过儿子的意见，母子俩一起放弃了新加坡。她和儿子一起送走了他，白衣麻孝，他的葬礼看起来很圆满，该在场的都在。他离开后他们母子俩继续生活在郑州，这座他们共同爱的男人从小长大的城。因为这城里有多少的伤心处，就有多少温暖回忆。

"这座城市，因为我们爱过，对我来说就永远不是空城。"她是这样说的，"至少我现在还爱着。"

命运像个悖论，
你是最甜的那颗糖

城市 ● 宜春

好的爱情，会让人对前方变得笃定起来。

2016 年，青孜二十六岁。这一年，青孜还是每天不停嘴地吃很多的东西，然后习惯性呕吐，每半个月就需要去医院吊一次营养针。

但和前些年不同的是，这两三年里的好吃的多半是周宇买给她的，吐的时候他温柔地替她抚着后背递纸递水，去医院也是他陪着她。2016 年比起往年更新的意义，是他们开始为明年的婚礼做准备了，两人一起布置着新房，并已经去拍了美丽的婚纱照。

身高一米六七的青孜，现在体重四十六公斤，走在街上细柳拂风，几乎是大学时她体重的二分之一。青孜大学时没有想过自己有一天会瘦成这个样子，也没有想过会被人捧在手心里像疼小孩一样地爱着。她现在这美丽的体重和那个弱宝宝一样需要定期护理的胃，是她的青春留给她的纪念。

贯穿青孜青春的，是一个叫小言的男生。

宜春学院，他是青孜的大学同班同学，因为长得有点儿像言承旭，大家都叫他小言。学校里喜欢小言的女生很多，但起先青孜并不是她们中的一个。

像青孜这样的女孩，是不太容易悬空做梦的，尤其当对方是广受欢迎的系草。

在青孜的记忆中，从初一时开始，自己的体重就突破了一百，然后一直与年俱增。她暗地里节过食，也曾坚持过很久每天早起跑步，但都没有抗争过那些像宿命一样在她身上突飞猛长的肥肉。青孜的青春是听着"肥婆""大包子"这样的外号过来的，每晚的宿舍夜谈会中，她听着同宿舍女孩春心萌动的雀跃心思，一心甘做那个没心没肺不谙情事的傻妞。是的，那时的她根本不敢想象恋爱，更不敢想象同小言那样一个英俊的男孩子恋爱。

那么一切是怎么开始的呢？也许就是从那天出教室时她在台阶上的一个趔趄，旁边一只手及时扶住了她。青孜抬起头来，面前那么近的一张脸，眉目好看得让她挪不开眼睛，是小言啊，她从来没敢认真看过的小言。老天怎么能让一个男人长得这么精致好看啊，那刻青孜的大脑大片空白，只容得下这一个念头。

那天之后，青孜的心不属于自己了，它日夜魂不守舍地，满天下只围着一个小言。

青孜不敢告诉任何人自己的喜欢，所能做的最放肆的事也不过是抓住每个无人注意的时候多看小言一眼。就是这样的小心翼翼，也还是被好事的同学抓住了端倪。

出于消遣，体重一百七十斤的青孜成了男生们取笑小言时的重磅武器。青孜敏锐地感受到了小言神情里的难堪，自觉将自己的心思往更深的地方埋了埋，偷看他的次数大为减少，方式也更为隐蔽。

就是这样，也没有平息小言在同学们并无恶意的取笑下的恼怒，这就有了青孜后来的难堪。

那天在一堂微积分课上，青孜脖子有些发酸，扭头活动颈椎的时候习惯性用视线找了找小言。那天小言坐在她后排远侧靠窗的位置，她看到他时正抬起头来，两人的视线撞了个正着。青孜一时有些羞涩，忘了收回视线。而那天早上刚被舍友拿她开过玩笑的小言一见她看他就火气上了头，当即一把将课本甩过来正中青孜的脸，"看什么看，五花肉！"

那天的青孜丢尽脸面，却梗着脖子没有哭。课后回到宿舍，宿舍女孩们都围在她身边七嘴八舌打抱不平，那时青孜才知道，原来小言在男生宿舍里一直把她叫"五花肉"。也是在那天，她听到了

很多来自小言在背后羞辱她的话语。原来除了她，大家都知道小言
是怎样嫌弃她折辱她的。

那天晚上，青孜咬着被角把头埋在被子里偷偷哭了一整夜。她
发誓要减肥，这次一定要成功。

青孜几乎是怀着对自己的憎恶展开了一场残酷的减肥。她选择的
方式是节食，每天一个苹果两根黄瓜一个白馍一份素菜，绝不允许自
己沾一点儿荤腥，地三鲜之类油大的菜也绝不碰触。为了避开饭桌上
的诱惑，周末她也常找理由不回家，同外地的舍友们一起窝在学校里。
同时她还不管不顾地用上了减肥药，她才不管那些耸人听闻的副作用，
但凡身边有人推荐哪款瘦得快，她就扑去药店买回那一款。

那几个月，青孜最怕的就是闻到肉香。每次打完饭都躲进学校
小树林吃，直到饭点结束才回宿舍，偶尔在路上见到谁掉的一块排
骨儿片肥肉都举腿无力眼放绿光。每次感觉快坚持不下去了，她一
想起小言的那些话语，就在羞愤里找到了不瘦即死的决心，眼一闭
心一沉继续吃自己的黄瓜白馍。

很多减肥药吃了后都会腹泻。肚子里本来就没什么油水的青孜
三天两头拉得两腿哆哆嗦嗦地扶着墙从厕所出来。

工管系的女胖子青孜就这样以惊人的速度在大家的眼皮底下瘦
下去了，八个月她就瘦了近六十斤，瘦下去的她突然也成了一个美女，

但是一个面有菜色的美女。直到她在一节体育课上昏倒被送进医院，一系列检查做下来，医生惊了，开口就问她还要不要命。年纪轻轻的青孜不仅有严重的胃病，血象还显示贫血和免疫力低下。

青孜的减肥计划不得不中止了。

两害相权取其轻。在命和美之间，青孜还是选择了要命。开了吃戒的青孜一发不可收拾，红烧肉、糖醋排骨、塘坝鱼、醉蟹、冷激凌、奶油蛋糕、肉夹馍……食欲猛于虎。

但为时已晚，这时的青孜发现她吃什么吐什么，所有的进食只有一个作用，满足她的唇舌之馋。医生遗憾地表示她的消化功能已经非常衰弱，身体已经很难接收营养。青孜自此开始了每隔一段日子就进医院吊一次营养针的漫长征程。

也就是说，从此青孜不管怎么吃，她的身体不过是一条食物的观光通道，它们都是她的过客。从此青孜就不用再担心发胖的问题，以她的身体状况因食物摄入发胖几无可能。她可以放胆吃喝。

这就是青春里那场没有开始就狼狈结束的恋情留给青孜的全部纪念。

和赘肉、健康一起远走的，还有青孜那颗蠢蠢欲动的少女心。看见小言时，她的心再无一丝波澜，甚至还有一丝隐隐的厌恶。那丝淡淡的厌恶延续到所有与情侣与爱恋有关的事物上。青孜再也不喜欢任何关于爱情的故事。

　　毕业后很多年，青孜一直没有谈过恋爱，身边献殷勤的男孩对她来说，远没有一块朗姆酒杏酱蛋糕来得有吸引力。

　　因为每天在微博上介绍和评论宜春各个角落的美食，青孜的微博关注量很高，渐渐有很多商家来找青孜合作，盛情邀请她的品尝和点评。青孜后来索性辞掉了大学毕业后第一份人事管理的工作，成了一个专职的自由美食家，经营她的个人公众平台，以及给一些杂志撰写美食稿件。

　　青孜有时猜想自己会不会孤独一生，唯与美食相伴。但她并不畏惧，她觉得这样的人生也不错。

　　然后她重逢了周宇。

　　在青孜从小胖到大的学校生涯里，唯一算得上朋友的异性就是周宇了。

　　他是她初中时的同桌，他家是在汽车站旁边开早餐铺的，经常和青孜勾肩搭背称兄道弟的他时不时给青孜带早餐。青孜的初中时代吃过诸多来自他父母手做的油条、豆浆、腌粉、肉饼汤，还有很多一咬油水就横淌的美味肉汤包。青孜那时候一身一跑就颤的好膘不可否认有一部分来自周宇的供养。

青孜对周宇的印象是仗义。周宇不仅一次都没像别的男生那样叫过她绰号，还因为有次有个男生喋喋不休取笑青孜而和对方打过一架。

周宇带给青孜的温暖十分珍贵，所以在初中毕业前夕听到有同学传言周宇喜欢她时青孜主动选择了疏远，她和班上另一个个头小巧的姑娘提出了换座位，那个一直喜欢周宇的小姑娘高兴地送了她一个新文具盒，而青孜在搬着自己的东西换位子时心头颇涌上了些为兄弟两肋插刀的慨然。

周宇则从那天开始再也没理过她。

那天青孜去医院打营养液的时候，在医院走廊里看到几个男生正围着一个喝得酩酊大醉的男生劝他配合医生打吊瓶，其中一个男生的侧脸轮廓很好看，平时自诩对男色不感冒的青孜盯着那个男生看了好几眼。

正在那个时候那个男生说话了，他哄那个酒鬼说："兄弟你消停点儿，我们给你打的是五粮液呢。"那声兄弟听到耳朵里，青孜一下反应过来，吸引她的不是那张脸的好看，根本就是熟悉感啊！他就是那个初中时喊了她三年兄弟的周宇啊！

那醉酒男生听到周宇的话，立马伸出胳膊喊："来，整上。"青孜忍不住扑哧一笑。几个男生听见了，齐齐回过头来看她，周宇看了她几眼，眼神都愣了。

那天，周宇很没义气地把那醉酒的哥们交给其他几个兄弟，陪着青孜输完液，又走路把她送回了家。

"青孜，你怎么变这么瘦啦？"青孜输液的时候，周宇问她。

"你是不是想夸我比以前好看点儿了？"青孜有点儿得意地逗他。

"不会啊，你中学时胖嘟嘟的样子多可爱啊。"周宇很真诚地说。青孜有些语顿。周宇又飞快地补充道："不过这样也是好看的。就是伤了身体，多划不来呀！"

青孜的心突然就像一只刚出炉的黄油大面包被人摁了一手指头，又酥又软。

就这样，在二十四岁，青孜迎来了她的初恋，和一个在十几年前就暗恋她的男孩子。

周宇很喜欢跟青孜回忆他们的初中时代。在他的描述里，青孜那时候是一个胖嘟嘟的善良可爱至极的女孩子，包括在分离后他对她一些时浓时淡的漫长想念。十几年过去了，周宇甚至还能记得青孜那时候常穿的一件粉蓝色带蝴蝶结的衬衫和她那时最爱的一件雪青色外套。在他诚挚发光的描述里，青孜就像一个被捧在圣坛上的公主。

青孜从来都没有想过，原来即便是青春里那个被自己深深嫌恶的肥胖丫头，也被人这样珍爱着仰望着。

原来，只要遇对了人，每个女孩都可以是公主。

和周宇在一起以后，青孜就开始慢慢变得笃定起来，对前方有一种不慌不忙的信赖。

　　她有时会想，命运真像一个悖论啊，她在瘦下来的时候重逢了那个在她胖的时候就喜欢她的人，她在失去了健康的时候却拥有了一直渴望的一个最珍贵的恋人。上天好像是一个开惯了玩笑的老头儿，不喜欢给人十全十美的祝福。

　　但青孜依旧想对那个老头儿说声谢谢。

　　是的，现在的青孜相信，无论前方际遇如何，自己都是会幸福的。毕竟她已经知道了，自己也是一个值得被人用最真的心倾尽爱慕的人。

　　纵使周宇的妈妈并不同意他们在一起。她很担心青孜孱弱的身体会拖累周宇的将来，担忧这样一个需要定期去医院补充营养液的青孜并不能成为一个好的妻子和妈妈。青孜则像一个笨拙的读不懂眼色的人，依然很快乐地享受和周宇的每一天，在周宇带她回父母家时细心地准备礼物，热情地围着他父母聊天，在厨房里哼着歌快乐地给他妈妈帮厨。在节假日的时候，邀请他们老两口跟着自己和周宇一起去明月山泡温泉。

　　青孜发现自己变得越来越强大，不再会轻易就被外面的人事伤害，即使是又碰见了小言。青孜在一个高中同学的婚礼上碰到了身为新郎的朋友的小言，那天周宇加班不能陪她一起。他们被安排到了同一桌。青孜一眼认出了小言，小言也多看了她几眼，两个人都没有说话。开席前，小言却突然换了座位，坐到了青孜旁边。正在青孜猜测他是否想为那些久远的事情向自己道歉的时候，小言开口了："嗨，你好，你是新娘的朋友吧？"原来小言已经认不出已经很擅长化妆的她了，又或许，他早已不记得他的青春里曾路过一个她。听着小言并不出色的搭讪，青孜兀自笑了。那顿喜宴青孜吃得并不安心，她不停地望向大厅门口，等待着加完班赶来的周宇，虽然才分开几个小时，她发现自己已经很想念他了。

青孜想周宇的妈妈一定不会懂得，她是多么爱也多么感谢周宇啊，即使他们未来真的不能在一起，他也是她生命里最甜的那颗糖。出于这样真挚的爱和感激，她也有一部分心意是真诚地爱着他们的，爱这对夫妻把周宇带到这世界上又陪伴他长成这样一个温柔的人。

有一点儿意外的是，后来的某一天，是周宇的妈妈主动在饭桌主动对着他们提起："喂，你们两个，恋爱谈够没有啊？到底准备什么时候结婚啊？"青孜和周宇傻傻地对视了小半天，笑了。

嗯，对青孜来说，刚刚过去的 2016 年真是一个很美妙很幸福的年份。你呢？

还在独自赶路的你啊，一定不要因为生活一时的灰暗就脱掉你心里的水晶鞋。尽力保全最好的自己吧，在那个蛰伏许久的王子现身的时候，让我们终来得及以美丽的样子，与他相视一笑。

豆瓣绿，梦想灰，幸福红

城市 ● 德兴

无论我们如何猜预前方，命运永远棋高一着。

　　这是躲在江西大山之间一座盛产银和铜的小城，山环水绕，气象宜人。

　　除了给几个大客户送货的日子，多数时候她都很清闲地待在店里，用笔记本追追韩剧，拿手机玩玩天天爱消除，偶尔和几个好姐妹一起支个桌子在店门口打打麻将，看店娱乐两不误。不久前她怀孕了，她的老公很紧张她和肚里的孩子，一见她上桌就要时不时端来水果和热水，看她坐的时间长一点儿就提出想打两把，好让她下去活动一下腰身，常惹得她的姐妹们偷笑。

　　这是三十一岁这年她的生活。生活稳固而结实，与年少时那些

131

华丽漂浮的理想背道而驰。没有人会知道这个绾着头发打得一手好麻将的烟酒店老板娘曾经是几年前国内某知名论坛上红极一时的女诗人。

她有时在店里发呆望着远方山峦的青灰影廓也会嘴角挂起微笑来。她想她现在大概过得就算幸福了。她和他曾无数次讨论过幸福。她也是兜兜转转才明白，原来她的幸福和他全无关系。

这起初是他和她的城。

打小就认识的，像是上天安排在命运里的另一个亲人。他住巷头，她住巷尾。两人在幼儿园时为扑画片打过架，后来的二十多年里好得像一个人。小学中学时他在她家门口一按车铃，她就拉开门跳上他自行车后座一起上学去。

中学的时候她爱文学。他则迷上了吉他，学校的文艺晚会总有他。周末时，她经常抱着一本书待在他身边，一边看书一边听他怎样逐渐将那些支离破碎的音符摸索成曲。两家大人睁只眼闭只眼，都当他们是自家孩子。高三时老师发现他们早恋通知请家长，结果在老师办公室里，那天喝了几两酒的他爸一见她爸就亲热地伸手喊了声亲家你好。

所谓青梅竹马，大抵不外如是。

连上大学都是手拉手去的。远走高飞是他们从小到大的志向，两人商量后报的全是北京的学校。录取通知下来一个二本一个三本，学校只隔一小时车程。两家大人乐得只送到火车站站口，叮嘱他们彼此照应。

刚到北京的那几年，是他们青春的全盛时光。

一间6平方米的出租屋，装满了他和她的琐碎记忆。每周末两人从各自学校放飞出来，小夫妻一样像模像样地煲汤过日子，他弹吉他唱歌，她在身边抱着笔记本跟论坛里的文友相谈甚欢。

那时候她开始写诗，一直以来只有他深信不疑的她的才情很快在网上崭露头角。

而他找到了几个志同道合的伙伴组起了乐队，频繁出入于后海夜色斑斓的酒吧。

她那些陆续发表见刊的诗歌偶然邮来墨绿色的汇款单。他和乐队的朋友们也常因演出有些许收入。对学生党而言，他们的生活无疑是令人羡慕的。

北京是个不缺牛人的地方。那些年，他们认识了很多才华横溢钱包潦倒的自由文艺工作者，结交了很多所谓的文艺朋友。

他们像两个新生的婴儿，毫无章法地打开了这个世界的万花筒，欣喜得不能自已。理想，这两个字成了他们沟通的枢纽。无论如何，要坚持自己的理想。这一句是那时候的他们最爱说的话语。她想做一个执笔为生的女诗人，而他则想做一个纯粹音乐人，只做自己内心的音乐。因为理想，他们相信各自的与众不同。

那是清贫却意气风发的年少，他们的爱情也在那时因为承受了一些冲击而显得饱满。他曾为了她冲进她学校怒打过骚扰她的学长，她也因为他在酒吧演出时被醉鬼挑衅生平第一次砸碎过酒瓶。在落满雪的长安街上，他曾为了让她原谅他与一个女歌迷的些许暧昧背着吉他默默跟在她身后一直前行。熙攘的王府井，她也曾为送他生日礼物为商家做过一个月的促销。

他们曾哭了笑，也曾笑了哭，怀抱爱情与梦想，无数次相拥在北京街头。

那是他们热热的青春。

先从梦里醒来的人是她。毕业前夕，她才恍然发觉，同学们的工作都已找得七七八八了，那些平时和她一样不上心应聘的，都是家里有后手早已安排妥当的。

当她一次次走出那间破旧的出租屋，走出七拐八弯的胡同，踏上四通八达的公车和地铁去应聘的时候，她内心为北京的大而黯然。北京的偌大，映衬着她和他的渺小，他们渺小得如同阴影下被弃于街角的某件旧棉袄里的两只跳蚤。

她最终还是找到一份不错的工作，进了一家时尚杂志做编辑。人前鲜衣怒马高跟铿锵，和一群月收入四位数的同事们一同认真地指导着那些月入五位数的人怎么花钱。每晚脚步转入黝黑胡同后只觉星光全无。

他还是过着与之前无异的生活。每天睡到自然醒，摸摸吉他抽抽烟，时不时和队友们去酒吧走个穴，然后演出结束后一群小糙爷们聚在一起喝酒吹牛皮。

她厌倦了这群老少年们浸在街边啤酒里日复一日描绘梦想的模样。他们的梦想响在她耳边，不知什么时候开始显得比巷口的煎饼馃子更廉价。

她陪着他在北京待到了二十七岁，从一间出租屋到另一间出租屋的流浪。

"二十七岁一过，你就不年轻了。"她对自己说。

在北京的九年里，他们见证了北京房价的一路水涨船高，也见证了北京像一张文艺的温床，怎样滋生了一批又一批他们这样的理想主义者，然后像筛垃圾一样把绝大多数人筛了出去。

她数次摸着他头顶新生的白发心疼地说："我们回家吧。"直到有天他在她怀里抬起头，用看怪物的眼神看了她一眼。

"你变了。"他说。

她心中惨然一笑。她想她是变了。她二十七岁了。不是七岁那年也不是十七岁那年站在他面前的她了。男人永远不会懂女人的衰老是怎样来得悄无声息又大张旗鼓。

那年冬天他们回家过年，她没有同他一起回北京。

她的爸爸生病了，她在医院照料他。爸爸病好后，大地回春，德兴周遭的山都萌出新绿来。她觉得，原来这座小城这样美。比起北京地铁转公交、公交倒三轮的汹涌曲折，以及他们挣扎其间蜉蝣一样捉不住根基的明天，德兴的安稳宁静让她再也不想走了。

那时刚好她家相熟的一个阿姨准备去上海给女儿带孩子，要把经营了很多年的烟酒店盘出去，店就在她家楼下那条街道上，她就顺手把小店接了过来。

再没有人与她聊诗和理想，也没有奢侈品的出新讯息要狠追猛打，在她身边围绕的是旧同学里早早结婚当妈的一群本地女人，最熟稔的话题是育儿和婆媳关系。旧街历经拆迁，她家和他家各自散落城东城北，两家逐渐交往寥寥。

她很快就展示出了当地土生土长女孩的亲野劲头，就像从未离开过。她迅速学会了像其他女老板一样插科打诨地拒绝别人的赊账和讲价还价，闲的时候打牌听街坊八卦，忙起来用一根一次性筷子绾住头发就搬货。

她隔壁的店是外地人开的，一个浙江男人独自在这个小城开了多年的电器专卖。男人很斯文善良，经常在她搬货时上来搭把手，一笑就露出一口白牙。

后来有天她爸爸在楼上洗澡时摔倒在卫生间，浙江男人闻讯比她跑得还快，完全无须她开口就飞快地赶到背着她爸爸下楼，开车把他们送到了医院。她看着他在医院里跑来跑去的模样，一颗心突然就好像有了主心骨。

医生宣布爸爸并无大碍的时候，她从身后抱住他，把脸埋在浙江男人干干净净的灰色衬衫里，眼泪就流了下来。

浙江男人爱吃鲜豆瓣。他们在一起后，她就经常炒豆瓣。应季时买来大量鲜蚕豆，剥了冻起来，可以一直吃到来年。她年少时不爱吃豆瓣，她那时断不会想到她的下半生里有那么多豆瓣要吃：豆瓣焖肉，雪菜豆瓣，竹笋豆瓣……她吃它们吃得心甘如饴。

在剥豆瓣的瞬间她也会想起他，想起那些属于女诗人与男音乐人的疯狂时光。

她在心里描摹命运的曲线，而命运无可描摹。

在她离开他之后，他仍爱她多久？又曾恨她多久？他们被设置在彼此人生里的意义到底是什么？再见之日，他们将如何相视？他们青春时光曾信赖的理想，又能支撑他走到多远的前方？

后来，她听说他终究是放弃了为音乐飘泊，跟着家里的一个姑父去沿海城市做了灯具生意。生意做得很不错，跻身同学圈里的富人。

她似乎是在那时才明白：原来改变他们的终会是岁月，并非彼此。

再后来，结婚怀孕，她的日子就忙乱起来。

而终于到来的再次见面，原来是这样的：春节时，他路过她的店想买一包烟，他的车停在她店门口的马路上，他摇下车窗喊了两声老板娘，埋头看韩剧的她没有听见。他不耐烦地走下车来拿着钥匙敲敲柜台，她一抬起头来，两个人都愣了一愣。

"你胖了。"她一面扭动着七个月的腰身去给他取烟一面笑着说，飞快地用一种小生意人的娴熟打破了尴尬。

"嗯啊，是胖了。"他亦笑着，从容作答。

原来再见亦不过如此，并没有多少波澜要壮阔起伏。

无论我们如何猜预前方，命运永远棋高一着。

看着他的车绝尘而去，她坐在柜台前一手支着腮一手摸着耳垂发了会儿呆。如果那时他有心从后视镜回望她一眼，定然会想起当年北京那 6 平方米出租屋里的她，那是她琢磨诗句时最常有的模样。

而她那刻不过在想：今早在菜市场买到的春笋不错，晚上可以用那把新泡好的雪里蕻一起炒豆瓣，老公回家时一定很开心。

曾经奋力爱过，始终奋力生活

城市 ● 汉中西乡

我们都曾如此奋力生活，然后读懂命运中的一切意外，都是别无意外。

命运很奇怪，它常常变折于一些微小的事情。对他来说，改变他命运的，是一个钱包。

小小县城风景幽丽，和全国很多的小县城一样，这里有一点儿广为人知的当地小特产，也有一些不怎么为外人所知的本土小秘密。那些小秘密就像寄生在小县城身上谈不上痛痒的陈年小疮疤，例如当地一些赌棍常常窝身的几处暗庄，人尽皆知的当地几个地头蛇的名字，每条街巷里都会有的人人心知肚明的那么点儿风流韵事，常出没在县运输公司附近的几个惯偷等等。而县城的特产是绿茶和樱桃。尤其是当地的樱桃沟，每年五月左右的樱桃节都会吸引来大量驱车前来的外地游客。

他家就在去往景区的路上。他经常在家中院坝里，站在土砖垒起的矮墙后面，看着门前不停路过的车轮滚起的那些灰尘，做着自己远走高飞的梦。

在他成长的十余年里，他日复一日地渴望着离开这土砖院落背后的贫穷，像只鸟一样扑棱开翅膀去看一看外面的大世界。

在遇见云宵之后，这离开的想法于他就更加强烈。他觉得他孤单的梦想有了同谋也有了分量，他要和她一同离开。

他不愿意忍受的只是贫穷，对云宵来说，更想逃避的则是继父的打骂。云宵是随母亲一同来到西乡的，母亲再婚第二年又生了个小弟弟，继父视晚来子为心头肉，云宵六七岁开始为小弟喂饭擦屁股洗澡洗衣服。动作稍有怠慢，继父的一双拳头就不知道会从哪里落下来。

起初他迷恋这个女孩在学校的文气沉默，后来他在她家门口的巷道里碰见她，两人略有些发愣时，一只鞋钝重地飞到云宵的后脑勺上，伴着她继父五大三粗嗓门的怒骂，只因为云宵弟弟说了声渴了，继父便迁怒她照顾不周。他感觉心陡然一揪。那天走在回家的路上，他看路边的粉白樱花都觉得它们像是命运的悲伤压满枝头。他第一次有了想要为这世上另外一人擎起一角晴空的渴望。

他和云宵都是学校里老实乖巧不惹事不起眼的孩子，两人却悄悄开始了不为人知的早恋。在几年的中学时光里，他们是彼此青春里最温暖最隐秘的甜蜜。

高考时他如愿考取了一所北京的大学。云宵成绩不如他，加上高考发挥不好，落了榜。那个暑假就被继父迫不及待打发去亲戚开的餐饮小店洗碗打杂。

他让云宵等他，在云宵盈满泪水的双眼里他看到了她的担心，于是他坚定地向她吐出了他人生最初也是最郑重的承诺，他说他一定会回来带她走。他是许诺的生手，那天他弯弯折折说了很多，大意是他要护她一世周全。

他对前方是有信心的。虽然出身别无选择，他此生注定是个从泥地里爬出来的孩子，但从小到大一贯优异的成绩让他在老师和长辈邻里的夸赞声中对自己灿烂的未来确信无疑。如今，他素有的自信里多了一分沉甸甸的使命感，除却父母家人，他此生亦要照顾好这个与他彼此交付过相顾相惜的女孩。

他出发去报到那天，云宵来送他。隔着人群，遥遥地看向他，微笑里一脸不舍。

他的爸妈和小弟那时在他身边左右簇拥地替家里这只即将从鸡

窝里起飞的金凤凰拎着行李，一只装满衣服的双肩包，一只装了几双鞋和一罐上元观红腐乳的帆布包，以及满满一袋的苹果、梨和他妈妈一大早起来给他煮熟的鸡蛋、红薯。三张质朴的农村面容上难得写满了一种作骄傲的神情。

为了省钱，家里没人能送他到学校，他要自己到西安再坐火车去北京。班车发车后，他从车窗里久久望着那四张脸，心绪难平。那时的他并不知道自己会在十几分钟后痛哭失声。

这是一辆开往省城西安的班车。按照那年头小地方班车的惯例，车上除了长途旅客，司机还会捎带一些短途客人，赚取零星车票钱。他们大多是当地沿途村庄的人，一般没有座位，即使偶尔有也常常懒得落座，闹哄哄地挤在车的过道中生怕错过自己的目的地。司机则在驶离车站后像给鸡群撒米一样陆续把他们撒落在各自村庄的路口。

发现自己的钱包不见了后，他下意识喊了·嗓了·，然后像触电一样站起身，把自己全身都摸了个遍。那是一个他用了好几年的街头减价牛皮钱包，棕色，边角已经磨脱了皮，它第一次装满钱现出鼓囊的模样。他把它放在自己带拉链的左裤兜里，临行前一再小心地确认自己拉好了拉链，并将拉链头用同色线隐蔽地缝在了裤子上，自觉万无一失。

班车在他的喊叫声里停了下来，停在了县道两边绿茵茵的田野中间。大家都围拢来悲悯地看他急得脸红一阵白一阵地哭诉，都知道了那钱包里是一个大一学生的学费和整个学期的生活费，来自一个农民家庭近乎所有的积蓄。他在那些七嘴八舌的悲悯叹息里电光石火般认出了一张脸，那个中年男人的脸曾被一个妈妈在车站当售票员的同学随手指给他看过，那同学告诉他那是经常出没在车站附近的几个小偷之一。

他不管不顾地扑上去拉住了那人的衣袖："你有没有看到我的钱包，你快还给我。"中年男子火急火燎地推开他："我怎么会看到你钱包，我坐车回家的，前面就快到了，你不要诬赖我。"全车人都帮着他指责中年男子，逼他把钱包拿出来。身量高大的司机在身后听了半天，也终忍不住拂开人群走过来，气愤不堪地给了那中年男子迎面一拳："你们几个混在这车上也不是一天两天了，这是人家孩子的上学钱，你赶紧给人家拿出来。"中年男子给揍得鼻血狂流，还是咬死自己没有偷过他钱包，还主动提出让大家搜身。司机和两个热心人将他上下搜了一番，果然没有收获。

班车不可能因为他一人一直停留，折腾了半小时以后，他也全没了主意，之前急落的眼泪也收了起来，面如死灰地由着车发动再度出发。满车乘客和司机都沉默不语，司机挂挡踩离合都刻意放低声响，一车人神情愧疚，仿佛偷了他钱包的是他们。

后来，是坐在他后排的一位奶奶起身走过来，把一张一百块塞在他手里："孩子，奶奶没什么钱，这一百块你拿上……"老奶奶坐下后，整个车上陆续有人走向了他，他的腿上很快涌起了一小堆钱。其中包括那个被他指认是贼的中年男人。他在下车前以漫不经心的样子经过他的面前，然后飞快地扔下一小卷钱在他的怀里头也不回地下车走了。那卷钱里面额最大的是十块，他数了数，共七十八块钱。

他整理着怀里那堆钱，理着理着就把头埋进膝盖，又哭了起来。他哭得又温暖又悲怆，只觉得心被一种命运深处不可抵抗的哀伤推搡。那天他在车上收到了来自那些素不相识的人们六百八十二块钱的捐款，他知道对那些人中的绝大多数来说，每一块钱都不是那么容易挣到的。

在他下车的时候，那个高大的司机跳下驾驶座走向他，又给他强行塞了一百块钱。司机站在那儿同他聊了几句，告诉他那个男子确实是个惯偷，他们司机和售票员们没有办法也经常只有睁只眼闭只眼，但今天这事还真说不好是不是他干的。他黯然点点头。司机问他这样回学校后学费怎么办，已经在车上打定主意的他只抬头冲司机挤了个笑容。他道了声谢，转身飞快地挤入了离站的人群里。

他没有去学校，揣着那七百八十二块钱留在了西安。

他运气不错，当天就在城南一处城中村村口的烤肉店找了份穿肉小工的事做，一月六百块钱，谈妥后他转身走进背后的城中村里租了间民房。十九岁的他就这样开始了在西安的日子。

家里那时还没装电话，联系父母要打到村里另一户关系较好的人家。两天后，他打了个电话去托那家人给家里捎了个口信说已到学校。打完公用电话，他在围裙上擦擦手，继续回店里蹲在厨房往铁签上穿肉串。不过做了两天，他手脚已经很麻利了，老板对他颇为满意。

他没有再同昔日同学联系，除了同他关系最好的一个。几年里，他打过几次电话给那男生，陆续听他转达云宵的消息，却没有让他代为联系过云宵。

那时，在很多个蹲在大盆前穿着似乎永远也穿不完的肉串的时刻里，他想着在老家的县城街道上，云宵在那间同样不起眼的餐饮小店里择菜刷碗，他们是这世间活得都如此卑微不起眼的两个人。这想法让他觉得悲哀，也让他觉得他离云宵越来越遥远。他不要云宵如他一般堕落在这样的生活里，假使云宵命里注定要这样卑微难以翻盘，他也不希望他在她身边一生见证。只为她是他此生唯一的云宵啊，他原本愿意付诸一切努力去挽着她的手向上走的云宵啊。

西安的冬天真的很冷，尤其对住在没有暖气的城中村简陋民房里的那些年轻人来说。他们除了梦想一无所有，还有些人甚至连梦想也没有。

住在他隔壁的是在烤肉店对面一家连锁川菜餐馆当领班的女孩，

碰面碰得多了，两人就开始点头微笑。女孩在参加成人自考，没事就抱着书在啃。两人后来走得近了，他便经常借她的书来看，权当打发时间。在她的鼓励下，他后来也去报了成考。

那天报完名回来，他走在路上，突然说不出的愉快。命运给过他当头一棒之后，似乎又把拿走的光亮不动声色地还了回来。他想，几年后完成成考，他一样拥有大学学历，而这几年里他自己好好打工赚钱也能为家里减少不少负担，上天的安排未必就是坏啊。这样乐观地想一想，他心头又活泛起几个月来从未有过的欢愉。

那天，他从攒了几个月的工钱里拿出了些钱买了个二手手机，电话打到邻居家等到爸妈来接电话，他笑嘻嘻地同父母聊了一会儿，假装起在大学里的生活时心里也没了那么沉重的负担，又托辞这个寒假已联系好家教工作到时就不回家了。

第二个电话是打给哥们的，他想好了，他要联系云宵，让哥们把他的电话号码捎给云宵。电话打过去聊了几句，哥们就告诉他，云宵父母给她说了门亲事，是长他们一届的某某某，家里做水泥生意的那个。他说是吗，那挺好的。再说不出一句多余的话，便随便找了个借口草草挂了电话。

西安的冬天好冷，一个人流泪的夜晚更冷。这个冬天的某个寒冷深夜，说不上来谁主动，他和那个领班女孩拥抱在一起取暖了。

在西安的几年里，他先后做过穿肉小工、街头发传单的、二手车销售、楼盘销售、售楼部客户经理。他挑灯夜读了几年换来的成考本科文凭对他的工作基本没什么作用，但却让他心里踏实很多，也让他在后来回家面对父母时感觉心安。

领班女孩在考试落败几次后最终放弃了成考，却在工作上跑得比他更顺更快。她跳槽到某业界知名的火锅连锁店，从服务员、领班做到有股份分红的经理，待遇日渐优厚同她和他说话时的嗓门成正比。

他们在那个他生命里最寒冷的冬天相拥，一起住过村中破陋的民房、老旧的居民楼……最后在一间同样是租来的装修不错但面积逼仄的小公寓楼里，他们做出了分手的决定。他另找房子搬了出去，从此两人在这座古都之城再未谋面。

他做二手车销售时，他老板有个女儿叫小冉。小冉长着一张英眉大眼的方脸，笑起来声音洪亮，颇有些男孩气。小冉看得上他，经常缠着他要一起吃饭看电影，他每天一上班就想方设法躲着她。同事们都拿她开他的玩笑，他当时的领班女友也不以为意，偶尔也私下拿小冉来同他开玩笑。

他后来转行去做了楼盘销售，反而同小冉亲近起来，她的英眉大眼看久了，也觉得别有一股清新舒爽。同领班女友分手后，他发现前老板的女儿竟然成了他在这城里最亲近的人，肯隔三岔五问他声好的人，这异乡之城也只有她了。

他在西安混了些年，说不上好，也说不上不好。混得一个某知名房地产售楼部经理的位置，一辆中档车，挣得三套房产，虽然其中两套仍需按揭还款，收获一个并非美女但体贴可爱的女人。他扪心自问，命运对他着实不算坏，至少好过六成大学毕业生。

小冉性情很开朗，他带小冉回了几趟老家，他的家人都对小冉喜欢得紧。他妈妈和小冉经常说着说着话俩人就不觉挽起了手臂，他弟弟跟在小冉背后一口一个小冉姐。连他那不善表达的爸也爱在吃饭时主动招呼小冉吃这吃那。婚后小冉也同他们的关系很亲，常主动提出接他父母和小弟来西安小住，小两口回西乡也回得勤。

或许是受小冉的影响，他和几个高中时关系较好的同学也陆续恢复了联系，慢慢地又回到了中学旧友的圈子里。

活泼的小冉同他的老家旧友也很快打成一团。他起初也有些诧异，并算不得漂亮的小冉，却得到了他老家的那些同学朋友们一致的夸赞，他们都很喜欢这个来自西安、家庭条件不错却全无造作的女孩。而小冉望向他时那一脸快乐知足的神情，让他们都有些羡慕他的婚姻。

而让他倍觉温暖的，是看似大大咧咧的小冉内心的聪慧温柔。他曾同她讲过那个夏天，他怎样在那辆班车上丢失了钱包，从一个重点大学的学生变成一个烤肉店小工，每日蹲在后厨穿着肉串深夜回民房看书完成自考的日子。他讲得很简单，但她听懂了他未出口的那些情绪。对他所有的亲友，小冉这么多年里都对他从未去过北京那所大学报到的事缄口不言。在他与命运对峙的这桩最大秘密里，她默契地做了他的同谋。

　　他后来还见到过当年那个高大的司机，他退休了，拎着鸟笼在河边遛鹩哥拉二胡，已经完全不记得他了。接过他递的烟，也只当他是这小县城随处可遇的某个自己记不清的熟人。他走的时候悄悄把车上的一条中华烟放在了那司机的二胡盒子里。

　　甚至当年那个小偷他后来也曾见过。认识那小偷的那位旧日同学，有次无意中聊起那小偷，说他后来结婚生子后就收手不干了，在去樱桃沟的路上摆了个水果摊常年贩卖水果，偶尔有人同他提起当年小偷小摸的事亦会一脸害臊。

　　他后来开车路过那处的时候就刻意留意了一番，果然看见那人的水果摊。他停下车去买了几斤橘子，老板收钱的时候多看了他几眼。他便掏出烟来随手敬他一支，两个男人面对面抽了几口烟，相顾笑了笑，到底什么也没说。他一踩油门走了，当年的真相他依然未知，心头却觉得莫名轻快。

　　那一年的真相，对他已经不重要了。

第一次进到高中同学的QQ群时，他第一时间找出了云宵。他添加，她通过，两人并没有说话。他们都不时会去看对方的QQ空间，他的空间相册里有他和小冉的合影，云宵相册里则都是她儿女的照片。

几年后，微信兴起，云宵注册微信的第一天也添加了他。两人同样在微信上不说话，只是默然看对方的朋友圈。

在云宵后来的生活里，他一直是个不声不响的旁观者。他知道她婚后几年去学做了婚礼司仪，主持过西乡很多人的婚礼。大女儿四五岁的时候她生了二胎，是个儿子，膝下儿女双全。她的公公几年前脑溢血突发卧床不起，她丈夫接过了家里的水泥生意，越做越大，挣了不少钱。有钱了之后就出轨，两人没少闹，听说有时也相互动手。他实在没法想象年少时那个在校文文气气在家忍气吞声的云宵跟一个男人对打起来是什么样子。再后来，他听说云宵的丈夫依然风流不断，而云宵已经懒得管了，她不再做婚礼司仪，而是整日守在自家的水泥店盯着出入账，一心一意为自己的儿女护卫家产。

他和云宵一直是有些刻意躲着对方的，多少年里一直没见面。最终还是碰了面，是在他一个表弟的婚礼上。

新娘与云宵是朋友，因为婚礼赶在高峰期，定不到司仪，便临时请了云宵来帮忙客串。

热闹的婚礼上，他与云宵一个对视，喧嚣都登时如潮退却，十几年的时光都只化成了两人这一个照面，百感交集。

他坐在席间，身旁小冉习惯性地伸手来牵他手，他把小冉的手握在手间，眼神却总想偷偷跟着那女司仪走。那女司仪也是，知道他在场，总忍不住来看他，只是那目光与她青春时代已截然不同。

他看着台上那个不再年轻、妆容艳丽的女司仪，一个接一个媚热的眼风飞过来，他的心又凉又悲，他知道她被生活欺负了，在他看不见的这些年。

也是在那时候，他又记起那日他站在她面前如何一字一句地说出他生平最初的山盟海誓，说他要护她一世周全。他也是到后来才明白，原来那是多么猖狂的话语。生活这样庞大阔折，每个人都是波涛上的浮游小蚁，并没有谁能护得了谁一世周全。

他眼眶阵阵发酸，便中途借小冉的孕吐，扶着妻子匆匆离场。背后，那台上的女司仪说错词，未等台下宾客反应，便自顾自解嘲地笑了起来。他只觉得背后那笑声短如樱花开谢，任他如何用心捕捉，亦飞快淹没在喜宴喧嚣里消逝不见……

谢三哥

城市 ● 广元

不过是来这人间活一趟的事。无论迎接的是什么样的命运，人生如寄，际遇如流。

三哥姓谢，因在家里排行老三，大家都唤他一声三哥。

谢三哥年轻时想必是长得很精神的，现在四十几岁眉宇间也还是很有英气。他属于年纪不大故事挺多的那类人物，赤贫过也暴富过，认识他的人茶余饭后聊着聊着话题就常常跑去了他身上。

谢三哥是农村出来的小孩，十八岁跟着村里两个小伙子一起到了广元，第一份工是在工地上做建筑工，干了几个月包工头跑路了，一分钱没进兜里。两个同伴受不了这看不见出路的苦，一前一后都回家去了。三哥不甘心，他心眼活络手也巧，每日拎着家伙走街串巷地给人补瓦刷墙，总算在广元活了下来。

谢三哥人厚道。有次年关给城郊一家人补瓦时那家的半大小子淘气，拿了个炮扔上屋顶，炸在三哥底下。正专心检瓦的三哥冷不丁吃了一惊，径直从屋顶上滚落下来，躺在院中地上半天不得动弹，那家人也吓得够呛，心想这次多少免不了破财挡灾。好半天三哥醒转过来，说声没事就起身一瘸一拐地走了。三哥在自己屋里歇了两天，身子缓过来了，又急着赶回去给人家把瓦补好了。那家人感念三哥的好，口耳相传的，后来他们那一带人家里拾掇房屋都愿意找三哥。雇用过三哥的人家都说他活做得细人品也过硬。

谢三哥没几个钱，却活得大气，熟人凑一起吃个小面涮个串串，三哥都抢着掏钱，平时在面馆吃饭遇见认识的工匠三哥走时也就顺道把人家的面钱一道结了，甚至有次碰见那个欠了他工钱的包工头模样落魄地窝在小摊上吃素面，谢三哥临走时也顺手给他结了面钱。认识谢三哥的人都说三哥爽气。总之，那时的穷工匠谢三哥虽说初到广元没几年，朋友却是很多的，且各行业不管身份高低从进城小工到老板都有。

也许是因了朋友多，做事情又有口皆碑的踏实，谢三哥那些年路很顺，活计多，身边也傍了些伙计，后来就做起了包工头。朋友相衬，三哥手里接的活不知怎的就比别人来得轻巧。在那几年，三哥这个乡下娃儿忽地尝到了一步登天的味道。

一步登天的三哥就难免有些忘形，尤其是在对着他的岳父老倪的时候。

说起这岳婿俩很有些趣。三哥还是早年穷得吃小面啃馒头的时候，在老倪家翻修房子请他去刷墙的时候跟倪雪对上眼的。老倪夫妻俩是双职工，倪雪是广元城里生城里长大的女娃，皮肤雪白，穿衣洋气，一双乌黑大眼睛扑棱棱地不必张口就把话递到人心窝里了。三哥初一望住倪雪就像望住了一尊女神一样，手里的活都忘了，刷子上的石灰水掉得嗒嗒的。

倪雪平日心高气傲左右瞧不上人，却不知怎的看着三哥这个穷小工很好，觉得他机敏老实都占了，模样也生得很不差。倪雪是个有主意的女孩，见三哥到活做完也没来主动找过她，便有天自己在街上寻到了三哥，张嘴就讹他："谢三哥，我听人说你喜欢我？"平日里唇舌也很麻利的三哥当场窘了个满脸红，他看着倪雪一张微微含笑的粉脸，壮了前所未有的大胆瓮着鼻子答了声："就是的！你要把我哪样嘛？"

后来，三哥总想起那一天，站在个比自己矮一头的倪雪面前，他怎么就那么胆怯，需要给自己豁出去命一样承认那一声的胆，想当初自己在屋顶上滚下来那一刻心也是没那么颤的。三哥自己每每想着想着就笑了起来。三哥一生都是感激自己在那天没有临头退阵的，当然，他更感激的是他老婆倪雪的勇敢。

就在那天，这对小年轻一同吃了串串，你给我递我给你捡的，饭后又手拉了手轧了马路，用四川话说，两人这天起就耍开朋友了。

老倪气得暴跳如雷，他三个闺女里长得最好看的就是这个倪雪了，又是家里的幺妹儿，打小是被他们老两口捧在手心里长大的。这几年倪雪高低不就眼比天高，拒绝了身边多少好条件的小伙子，结果同这个两腿泥都没褪净的乡下小伙耍起了朋友。在那个有碗公家饭吃比什么都好的年头，三哥要家底没家底，要工作没份正经工作，这让老倪怎么咽得下这口气。

只是咽不下又怎样，倪雪生来就是拉不回头的牛脾气，骨头越打越硬。老倪到底心疼女儿，最终还是默许了他俩，只是从来见着谢三哥都不给他好脸色。

谢三哥那些年不知怎么就当了包工头，又不知怎么就发了财。用他自己的话说，他自己都蒙起脑壳儿搞不懂，半夜醒来老疑心自己是在做梦。

谢三哥便说是倪雪旺他，这个好老婆跟上他他没几年就发了。倪雪倒是很拿得住气的，听了他的话笑一笑拿指头弹他脑门："你个瓜娃子哦，你人舍得吃苦，朋友路又多，发财不是迟早的事？"

那时候，敢弹谢三哥脑门骂他瓜的人也只有倪雪了，倪家老两口同他说话都不自觉客气起来。

穷了二十几年的谢三哥发财了，心里就琢磨着一定要显摆起来。谢三哥弄了个有两巴掌大的名牌包随身夹着，包里打开红沓沓的，吃饭喝茶，随时都掏得出几万现金。置了辆帕萨特，专门雇了个司机一天身前身后跟着。家里不管谁过个生日都要弄出去吃饭唱歌喝洋酒把钱花透。

　　最值当说的还是谢三哥回岳父家。老倪还是不爱笑，却老远出来迎他了，岳母也早早备齐了一桌子谢三哥爱吃的菜。老倪现在喊起谢三哥来声音也同以前大不相同了，要舒服柔和多了："谢三哥回来啦……"拖得长长的。只是拖的音还没有念完，谢三哥就伸出一只手隔空把老丈人的话堵回了喉咙管："喊啥子嘛！叫我谢老板！"老倪噎在那儿半晌回不过气来，倪雪气得在背后偷偷掐谢三哥屁股："你个龟儿子是要死哟！"

　　那个时候，大家说起谢三哥都是忍不住笑的："这个谢三哥哦，发了财了，骚起！"

　　都说太骚起的人是要崴脚的，谢三哥没骚几年就崴到阴沟里去了。

　　谢三哥崴脚的方式一点儿也不新奇，是工程烂了包。多少做工程的人，都是在春风得意马蹄急的时候心一急就一脚崴进去的。

　　那回看着是个大机遇，熟人巴心巴肝给介绍的。谢三哥把他所有的钱都投进了那个工程里，又借了一屁股高利贷，就乐颠颠指着那笔工程让他在富人的阶梯上大步晋级。结果中间人掉链子，投了大半的工程停了。投出去的钱收不回来，借过的钱还不回去，谢三哥突然之间就还原成了穷光蛋了。

房子没了，车卖了，谢三哥和刚进广元时一样口袋空空。和那时还不太一样的是，他现在还有了负债，成天被高利贷喊打喊杀地催，还有老婆和一个三岁多的儿子要养活。那堆从前在谢三哥旁边前簇后拥的朋友们闻讯一下都跑得没影了，生怕他张嘴借钱。谢三哥出了家门，这广元城里成天惦记他的，就只有高利贷了。

山穷水尽的谢三哥扛不住，跑路了。他老婆倪雪跟着他，抱着还不齐他们腰高的儿子，两人挎了四个包，连锅都背了，一家三口深更半夜投奔了一个有亲戚的小县城。

到了小县城，两口子白手起家，摆摊卖菜，夜市挂杆子卖衣服，倪雪当过家政，后来跟着下乡的客车当售票员；谢三哥打过各种临时工，给游戏厅和赌牌的看过场子，后来总被人叫去帮忙要债。

谢三哥要债很有一套，不斗狠不见红，去了就往人家跟前一坐，侃东侃西，倒跟做客似的，每天按时按点去报到。所谓伸手不打笑脸人，弄得人家也很没脾气。有个声名在外的当地狠角色，欠了笔款，债主同谢三哥交情不错，因为难要，那笔债给谢三哥的分成也比别人高。谢三哥找了那人一回，被连人带茶杯丢了出来，谢三哥也不恼，打听了一下他乡下老家，第二天拎了箱牛奶买了几斤水果去他七十几岁的老娘跟前坐了半晌，也不多说别的，就说是她儿子在县城里的兄弟，受托来看看她，让她晚上打个电话过去说一声兄弟来过了。第二天那人就主动去把债还了，债主当面对谢三哥说："你这人不声不响地倒是个狠角色，哥哥不得罪你，以后我认你这个兄弟，互相提点些。"

谢三哥要债渐渐有了名气，县城里好多人要债都想托关系找到谢三哥。谢三哥渐渐也摆开了谱，哪些债能要哪些债不能要也是挑挑拣拣的。谢三哥不接的单，别人更是接不下。

就这样，如今的谢三哥成了小县城里的职业要债人。谢三哥有时自己想着想着也就笑了起来，他想，昔日他在广元被高利贷催得鸡飞狗跳不得安宁，不想十来年后他躲在这小县城却成了催债的头号人物了，真是造化弄人。他在心头号叹一声：这狗日的爱开玩笑的命运哦！

十来年过去了，当年给谢三哥放高利贷的那伙人早已作鸟兽散，领头的也因为犯事蹲了大狱，谢三哥那笔账也没什么人再惦记了。但谢三哥夫妻俩已经很习惯小县城的生活了，还没想好是不是要回去，只偶尔回广元去探探亲，每年老倪两口子过生日，小夫妻俩是一定会回去的。

儿子上了寄宿中学，夫妻俩现在落得两人世界。倪雪前年开春时开了家服装店，谢三哥平时帮人要要账，没事了就去倪雪店里给她帮帮忙，去的时候手里总是拎点儿倪雪爱吃的水果或小零食。不用出门要账的日子就在家做饭，端着俩保温盒去给倪雪送饭，有菜有汤。旁边几家店主见了谢三哥过来，都笑着说服装店的模范丈夫来了。谢三哥听了笑得憨态可掬，一点儿也不像个要账界的扛把子。

谢三哥本身就是从穷罐子里爬出来的，吃苦受穷都觉得没什么，唯一觉得很对不住的是倪雪。当初玉人似的倪雪，跟着他飘在这小县城，粗衣陋食，一双手粗活做尽早没了以前的细腻丰润。她那张在广元九十年代时就用惯了商场洋护肤品的脸，刚到这里时雅芳也用不上，用了好几年一块五毛钱一个的蚌壳油，一张脸风吹似的一天一天往下老。

倪雪却不以为然，她从来不爱抱怨没用的事情。她深信日子富的时候有富的过法，穷的时候也有穷的活法。这些年来，不管日子起落，倪雪用一双巧手料理小家，把父子俩都照顾得很好。

两人晚上躺在被窝里经常睡前聊天开玩笑。倪雪笑谢三哥上次回广元时全家人去女皇温泉泡汤，团购了一晚上酒店，三哥愣是从晚到早去泡了人家三回池子，身上的皮都泡皱了，生怕讨不回来便宜，哪里像那个十年前在 KTV 过生日点洋酒都非要人手一瓶的三哥哟！

三哥则说倪雪是个瓜婆娘，那时候家里那么有钱他一把把钞票往家里胡甩乱丢，她也没想着存点儿私房钱。倪雪也笑骂自己傻，只一心想着自己老公忠厚牢靠，怎么就没料到他会破产这出，坑得儿子也跟着白白挨了许多穷。谢三哥问倪雪后悔不，倪雪就嗤笑一声："说得跟当初我跟你时你有啥似的。"谢三哥在漆黑里揽住倪雪瘦小的肩，觉得这辈子过得值当了。

谢三哥想，他这辈子也不思量再翻身暴富的事了，只要尽力把日子过周整，尽力给倪雪和儿子更好一点儿的生活就可以了。

今年的谢三哥添了个新爱好，就是做自己研发版本的豆瓣酱。他岳父老倪听了，还特意让人捎了两桶农村亲戚送的自家压榨的菜籽油支持他。谢三哥东捣西搞，按老家农村人做豆瓣的方子做了点儿改良，据说还添了两味中药材进去，做出的豆瓣酱送亲戚朋友广受欢迎。

谢三哥给我爸妈也送了两罐，我一尝，哎呀，那味道确实和市面上的豆瓣酱不太一样，他做得那叫一个鲜香好吃。我妈说，你可不敢给三哥说，三哥一听谁夸他酱做得好，立马高兴地大手一拍："好嘛！你喜欢我过两天再给你做个大罐来！"真的是超市里装大桶油的那好大一桶，任你好不好意思，推都推不掉。

我一听，笑得哈哈的，就想起大家说的谢三哥以前还是农民工刚进广元城的时候，在面馆吃面只要是见了有几分相识的面孔就一定要去给人家把面钱结了的事。谢三哥这么多年不管际遇怎么变，始终还是那样，爽气！

岁月就这样，把一个天真过张扬过江湖过的一个谢三哥变成了一个极有耐心、能趁着一个好日头花上一整天时间在家慢慢做几坛豆瓣酱送给亲朋好友的温和男人。想一想这命运的多变难测，莫不有几分感慨。

人生如寄，际遇如流。任我们如何努力，有时也难免成为不能自决命运的逐流水草。而我印象极深的是谢三哥常说的一句话：不过是来这世间活一趟的事，我急个锤子嘛！

是啊，谢三哥话糙理不糙，不过是来这世间活一趟的事嘛！

不言天真
爱过，

城市 ● 上海

他们是这个世界真正的英雄主义者。
依然坚持着要明媚去爱的人，
那些从悲伤里抬起头来，

苏周其实有时候挺招人恨的，比如说每次轻飘飘吐出那句"你知不知道你生活得太过天真"的时候，说话的语气就好像她是一只已经庆贺过了八千岁生日的狐狸师太。

事实上，她不过是和我们同龄的高中丫头片子，一样的马尾辫，一样被套在让人想吐血的红配蓝狗都嫌的傻大校服里，一样等待着一场叫高考的人生裁决。

在我抱着一本本书，通过那些流行作家的笔触双眼放光开始想象成年生活的时候，苏周赐给了我这句话。在一个和我们关系不错的女生不能免俗地坠入初恋，蔷薇花架下和男友偷偷拉个小手就激动得好多天满脸绯红的时候,苏周更是残酷地给她泼冷水:"你才见过几个人?你以后走出去,外面有大把的人要遇见,有大把的世界要看。什么是优秀男人你现在根本还没见识过,你说你这点儿眼界急个什么劲?"末了,自然是以那句"你知不知道你生活得太过天真"收尾。

不管怎么样,我们还是被苏周镇住了。谁让她的丹凤眼里的眼神看起来是那么笃定,谁让她的语气冒着比大人更冷的现实味……谁让她是我们认识的苏周呢。

作为一个城池坚定的女孩,苏周好像一直清醒地知道自己要的是什么。她认真听讲做功课,但从不像班上其他优等生一样花时间与老师走近,也对选任班干部的事情全无兴趣。她很爱惜自己的皮肤,早早就有防晒意识,夏天每日撑着伞上下学,这在我们那个时代的小城属标新立异,也只有她苏周能淡定地每日举伞坦然走过,对身后大票鄙夷议论她"作"的校园八婆们置若罔闻。男生写来的告白信,苏周心情好时当作文审阅,有好句子拿笔随手画出,功课忙的时候则看也不看就丢进了垃圾筐,从来不见她回复谁。

苏周这样的女孩,气质太迥异,明明是优等生却绝对不是乖女孩,在我们学校很是打眼。学校体育班的那伙小太妹有阵盯上她了,嫌她风头盛,以"太傲看不惯"为由在一个晚自习结束后苏周回家的路上围堵了她。这种事在我们中学屡见不鲜,一般情形就是上去轮番扇几个耳光,伴随对话如下:"以后还敢不敢?""不敢了。"

好，完结。但围堵苏周那次没人敢上手。苏周镇定地站在她们中间，眼神在几个领头的女孩身上瞟："你们人多，要打我我也没办法。我今天只认第一个动手的，以后不管我走哪儿碰见她这事儿这辈子没完。"一堆小太妹推推搡搡，竟没有人上前。末了苏周不耐烦了："你们还打不打了？不打我就回家写作业了。"说完就拨开包围圈走了，剩下一群怅然小太妹完全没回过神来。

这是中学时的苏周，一个叛逆的优等生。当不当天真的年纪，她都绝不天真。

高考过后，大家捏着录取通知书如飞鸟轰然而散，出狱般雀跃各奔四方。我打包北上西安，苏周则去了上海。

开学第一个月，苏周打电话给我，声音里全是惊叹："你知道吗？这里有钱人真多，满街都是好车，光兰博基尼我都见多少辆了！"我热情提醒她在物欲横流里一定要自我把持，苏周在电话那头哧哧就笑了："你放心，姐的青春贵着呢，不是一辆兰博基尼就买得起的！"

苏周的大学生活忙死了，既要一如既往地捍卫她傲骄优等生的地位，又忙着打各种工。值班校图书馆，带家教，站门迎，给花店做送花小妹，代人写论文年终总结检讨书，这家伙只要给钱什么活儿都接，什么时候只要聊到挣钱，她在话筒里的声音就像瞬间打了鸡血，能拔高几个音阶。我承认，我没有见过比苏周更爱钱的女生了，她闻钱色舞的模样简直让人醉倒。

苏周有天穿 8 厘米的高跟鞋给人开业活动站了一天迎宾回来，满脚水泡扑倒在宿舍的床上给我打电话嗷嗷喊累，我隔了几千里翻一个大白眼给她："你活该，你挣的那些钱不都拿来追逐你老人家的纸醉金迷了吗？你少买套兰蔻不就不用去周末站超市了吗？你把你那件还没穿的 ELLE 小黑裙赶紧去专柜退了这月不也能跟你寝室的妞们一样睡大懒觉了吗？你说你这种宁可啃半个月方便面都要省钱买条裙子的人有什么好同情的？"苏周在电话那头哈哈地笑了："人家愿意嘛！"

过年回家的时候碰面，我还没来得及教育苏周，她就甩给我一瓶雅诗兰黛红石榴面霜堵我的口："给，拿去，姐送你的新年礼物。"苏周坐在我对面，跷起描花绘彩的纤细手指，飞了个媚眼对我说："及时享乐啊姐们儿，能美的年龄就得使劲美，青春过隙，人生苦短，别和那些个稀里糊涂的姑娘一样，一个个装得跟要活很久一样。"她说得好有道理，我竟无言以对。

提到恋爱。

进了大学，身边的同学们一个个跟比赛似的投入恋爱，男友女友简直成了校园标配，牵不到一只手比牵了只二百五还丢人。苏周又是哧然一笑："大学恋爱有什么好谈的？大学里的男生，都是一个个青黄不接的愣头青，心眼儿还没长全，个性倒呼呼往外冒。说起来要眼界没眼界，要胸怀没胸怀，要资历没资历，还要钱没钱，要来做什么？她们要不要生活得那样天真啊？"又是以那句熟悉的话结尾。

这是大学里的苏周，我那挥洒汗水毫不吝惜又享乐主义泛滥的姐妹苏周。她拜金，却只拜自己挣来的每一粒金。她现实，却绝不亏待自己的心。她活得热烈而恣意，每分每秒都只想用来捕捉这世界的繁华美好。

大学毕业刚参加工作那几年，我听说苏周在上海做了小三。我不信，在QQ里将那个前来传是非的男同学骂了个狗血淋头。结果去上海出差的那次，苏周开了辆玛莎拉蒂来机场接我，我连发问都省略了。

苏周倒是很直白地告诉我，房车都是那人买的，房不大，但地段好，七十几平方米的精装小公寓，就在南京路附近。

苏周那时在一家全国五百强企业做总经理助理几年了。我问她，你开这车去做个助理，不怕公司里人背后议论你？苏周一声哧然："你又不是今天才认识我，我什么时候是会管人家怎么说我的人啊？"

是啊，这正是苏周，内心世界强大到外人无从入侵的苏周。

说起那个男人，苏周说："他老婆开的玛莎拉蒂。有天我见了，打电话给他说，他老婆有什么我也要，她开玛莎这款我也得这款，不管谁给我买的反正我得开着。"那个老男人到底宠苏周，在外地忙完飞回来第二周就领着苏周去提车了。

"我就想花他钱，狠狠花他一个人的钱。"苏周恨恨地说，咬牙切齿。说着说着自己先笑起来了，眼神都是甜的。我坐在副驾驶，无端受了她那一眼，忍不住就着鸡皮疙瘩抖个了激灵。

车里来回放着同一首歌。君生我未生，我生君已老，歌手绵长的语音拖得人心生哑然。

那时候我正爱着一个人，在和他分分合合地牵绊纠葛里，习惯了一支支抽烟。在苏周面前，我刚抽出支烟点上，苏周就伸手麻利地给我掐了："抽什么抽，伤皮肤知不知道？有什么大不了的事，有多大不了的人，值得你把自己往丑里长？"我乐了，问苏周："那你烦的时候一般做什么？""做瑜珈、跑步、游泳……反正得做让自己变美的事。"苏周一耸肩，眼睛月牙样一弯，笑了。我觉得苏周有点儿人格分裂，内心世界彪悍得媲美女魔头的她，突然一笑起来一双眼睛比哪个小傻妞都天真。

离开前一天，我问苏周，那人经常不在身边，这样的关系不会觉得寂寞吗？苏周从落地窗前回转身璀然一笑："寂寞啊，但什么事情都不能完美对不对，选择任何一种生活都有它不能苛责的一面。"

走的那天，苏周坚持送我去机场。而把我送达之后，她就匆匆开车回城，赶去交大上她的 MBA 课程。她匆忙转身的那个瞬间，我看到了我所熟悉的那个苏周。

那是 2009 年。我的好朋友做了别人的小三。那个曾经在我看来虽然拜金却只爱自己劳动所得的姑娘，那个曾经不屑地对我说"姐的青春贵着呢，不是一辆兰博基尼就买得起的"的姑娘，开着一个老男人给她买的跑车，寂寞地住在一间高档小公寓里。

我只字未予她评议，只是心有些疼。因为她本是我见过最为骄傲的姑娘，骄傲到我从不觉得她会跟随世界，而是世界归她所取。我更愿意相信她是因为爱情。

2011年。我与苏周已经几年不见。有天我在QQ上跟她说，下个月打算休年假，她时间空的话去上海找她玩。苏周很快回过来电话："方不方便这几天就休假过来？"

她的声音很平稳，但我一听就知道她不太对劲。我问她遇到什么事情，她没具体回答，却答了我一个"嗯"。我知道她是遇到大事情了，马上办年假手续，网上订机票。

苏周坐大巴到机场接了我，我们一同回到她在小木桥路租住的旧居民楼里。苏周的生活今非昔比。问起那个男人，才知他因投资失误，债务累累无法偿清，只能以破产自首进了监狱，判了六年。苏周在他入狱前主动将车房卖了，连同那几年的积蓄全拿去替他还了外债，不过杯水车薪。这些事情，苏周之前对任何人只字未提。

不过这都已是半年前的事情，苏周怎么现在才如此伤心？神色灰败的苏周，是我从认识她起十几年都不曾见过的黯淡模样。

苏周后来还是告诉了我缘故。

男人入狱后，她不是亲属，没有资格探监，便托人找关系，终于进去见过他几回。见他也不知道说些什么好，经常只是坐在他对面掉眼泪。男人看得不忍，终于忍不住告诉她实情。

其实他并没有那么爱她，她不过是他放松压力调节心情的去处之一，也并不是他唯一的情人。而他出事后，她却是他唯一仗义的情人，待他的情义超过任何人。他的妻子早知道他在外有人，只是不关心而已，只要求他对家庭尽到经济责任。夫妻俩各过各的已经很多年了。在他出事后，他妻子第一反应是迅速离婚跟债务撇清关系。只有她，傻傻拿出所有想帮他减轻债务，在他入狱后又傻傻找关系一次次来探望他。他的良心实在无法承受她的天真深情。

"你知道吗，他当时对我用了天真这个词，那是我最难过的。"苏周扬起脸对我笑。我看着她笑容寂寥的脸，宁可她是哭着的。

苏周最不能接受的，是她后知后觉发现这几年的青春原来没有被爱情收养，而是喂了狗。

我真的是一个不会劝慰人的人，所以只是留下来帮她做了几天饭，打扫房间卫生，拉着她每晚同我下楼散步。我所能做的仅此而已。

眼看年假就要到期，我就要飞回西安奔赴我自己的生活，完全不知道要拿苏周怎么办。

是的，那时我差儿忘了她是苏周，我亲爱的小强苏周。

我眼看着她在床上躺了四天，第五天突然早早爬起来，收拾得光鲜利落烈焰红唇跑去上班。临走前风风火火扔下一句话："我只请了一周假，妈的今天就该上班了。对了，我一金融圈的姐姐最近终于同意带我入投行了，今晚我还要陪她去见个投资经理。"留下我呆若木鸡站在屋里，等到门被关上砰一声响，才反应过来说声哦。

我回西安的时候，刚落地开机，就收到了苏周短信。她说她想了想，觉得那些年其实没有喂狗，他爱不爱她，都陪伴了她一路成长。

嗯，这是我熟悉的苏周，懂得越是在生活面目狰狞的时候，越要选一条春风温柔的小径容自己慢慢走。

苏周之后的消息，就像一部都市女子励志史。

我离开上海一年不到，苏周就成功转行做了投行人。她在大企业做过多年助理，和业内许多经理人关系都不错，她善用人脉，聪慧又够勤奋好学，从适应到脱颖而出的过程都快过其他人。

每年几十万打底的年薪，也让苏周生活得很怡然。这行唯一的缺点就是累。做投行的，经常拖着偌大行李箱奔波在各大机场，酒店住得比自己的房子更熟悉。

不管怎样，苏周过得朝气蓬勃。工作再忙，她也总是能抽出时间来学花习茶，每天自己慢腔慢调地煮杯现磨咖啡喝。苏周每每打给我电话时的声音，明媚得让人愉悦。她还是爱把天真挂嘴边，我偶有形容消极的时候，她依然大腔大调地骂我："拜托，有什么了不得值得难为自己，大龄女青年了不要生活得那么天真好不好？没有什么比把自己过好更重要的事啦！"

时间飞梭，当年那个开着辆玛莎拉蒂在上海的夜色里吞吐寂寞的年轻女孩，当年那个把自己锁在一间破败居民房里为爱黯然的女孩，一步步走过来，到底上了岸。其间一寸寸路是怎样走过的，那丈量过它的脚步都记得清晰。

后来，苏周交了新男友，是个比她小五岁的男孩子，是家通信公司的部门小主管，挣的钱远不如她，但每个苏周出差回来的夜晚都愿意赶到机场去接过她笨重的行李箱，她在家的日子也每天下班都愿意匆匆赶回家为她做饭洗衣，对她极好。

苏周的同行大都嫁娶得不错，大家顾惜苏周，便对她这个穷人小男友颇有非议。苏周在电话里笑嘻嘻对我说："两个人在一起最重要是开心，其他哪有那么重要？再说以后会发生什么谁也不知道，想那么多干什么，我又何必庸人自扰。"

2015 年，苏周来西安。我们一起逛回民街，看她一脸精致小妆、一袭香奈儿极酷黑裙，一口一大块油炸小酥肉吃得眉飞色舞，我心中暗叹：你妹的苏周，你可真是一枚能上能下的奇女子。

聊天时提起那狱中老男人。苏周还是会去看他，一两年一次。苏周说现在去看他，感觉就像看自己的一个长辈。老男人也是，现在一见到她就笑，聊得轻松愉快。两个人话题很随机，也聊过苏周的小男友。上一次苏周去看他，是刚开始做投行不久。好马配好鞍，做这一行，外形打理很重要。苏周过去虽重视生活质量却一点儿也不迷恋奢侈品，对那种花自己钱去满足别人目光的事一点儿也没兴趣，现在为了谈工作需要，她不得不经常去购置新的奢侈品衣鞋包包。苏周坐在他对面跟他开玩笑，说早知道那时候让他多买些就好了。老男人和她一起眼睛一弯就笑了起来。他说："要是时间能倒流，认识你的那天，我就不会过去和你打招呼了，不让你的人生经过我这一段弯路。"那天离开监狱的路上，苏周的眼睛有点儿湿，但又对自己微笑了，不知道为什么，她突然觉得她的人生如此仁慈，充满让她感恩之处。

后来，苏周也碰到过男人的前妻。苏周去买车的时候，和小男友转了几个店，在大众门店里看到了她。昔日那个戴着方墨镜开着玛莎拉蒂从她面前驶过的女人现在是大众店里的一名置车顾问。苏周让小男友出面去找她订了一辆辉腾。小男友有些诧异："不是说回去买奥迪A8吗？"见苏周坚持，小男友也便没有多问。

老男人和前妻离婚后，他们的一双儿女由她带着。苏周不知道这几年她是怎么过的，但她知道她自然不容易。

苏周坐在我对面，低头抿了一口啤酒。她没有说愧疚的话，但在那一刻的静默里，我听到了。

苏周和她的小男友已经在准备婚事了。苏周身边很多人依然质疑她的选择，她是周围投行朋友里唯一一个准备嫁给没房没车男人的女人。但苏周说："他没有房我会买，没有钱我能挣，他负责对我好就可以了。"她还是那样笃定，笃定得就像高中时那个爱说"你知不知道你生活得太过天真"的马尾女孩。

　　回民街口，游客如梭，鼓楼灯光辉映。我看着坐在我对面的这个女孩，这个我睹阅了她整个青春的闺蜜。我知道，她才真正是我所见过生活得最为天真的女孩。她的天真里有一腔孤勇，纵有伤痕累累，不负世间恩情。

　　天真是什么？天真是在跌宕命运里心中自持一方世界，是一种近乎执拗的坚持，认可自己所认可的，追寻自己所追寻的。不管外界如何变幻如何评价，天真者的世界只容得下自己渴求的那部分美丽，无惧风雨，兀自繁花。

　　这世上每个人都会路过爱情路过欲望路过过错也路过哀痛，每个人都会有属于自己的、旁人无法分担的一段孤寒。而那些从悲伤里抬起头来，依然坚持着要明媚去爱的人，他们才是这个世界真正的英雄主义者。

　　苏周确是我见过最天真的女子。而我从未见过比天真更美的气质。

相仿的哀伤

这世间

城市 ● 天水

只有不值一提的相仿哀伤。
没有可供传世的轰烈爱情，
不过是这世间再寻常不过的一对分手恋人，
他与她，

二月的最后一天，她和他见面了，约在常去的那家咖啡馆。

他们的约会从最初的一日不见如隔三秋，到后来工作忙碌时几天一见，再到一两周一见，如今已经变成近一月一见了。

那家咖啡馆的老板很喜欢养花草，他俩每次来都坐在靠窗的位置。从前常常一坐就是一下午，那些被幸福虚耗的下午就用来聊天、温情对视以及慢吞吞地看窗外那一排被阳光依次爬过的高低掩映的盆栽：木香、月季、绣球、九重葛、茉莉、垂盆草、扶桑、天竺葵、巴西牡丹，映衬着远处小陇山黛色连绵的身影。她对它们了然于心。

如今，他依然坐在她的面前，依然是从前熟悉的位置和熟悉的那张脸。他脸上噙着笑，眼神却很少落在她身上，即使是在聊天的时候。

她心里轻轻叹了一声，她知道他是不爱她了。

他不爱了。她在心里又对自己说了一遍。这句话，她不记得告诫了自己多少遍。她心里已经没有了早时听见它时心脏仿佛被人一把攥住撕裂的锐痛，只剩下一种在暗地里下沉的黯淡。

不过是不爱了，她又会怎样呢？又能怎样呢？不爱又死不了人。

窗外那些木香月季垂盆草也在偷看他们。看呐，看这两个从天雷地火浓情蜜意终于走到没了爱情又不舍不得绝了温情的人，他们这刻意的延续看起来就像一场无言的送葬礼仪。咴，看那个女的，大概是他们之间走得慢一点的那一个，她的眼里多盛了很多无用的悲伤。

这样的两个人，坐在一起就开始有些尴尬了。

不知道聊什么好，她拿过咖啡馆里叠得方方正正的纸巾信手在上面写字，写她今天一路走来路边看到的花的名字。腊梅、结香、迎春、婆婆纳、玉兰、堇、八角金盘，再想写就没有了，一路上过来就看见这么多了。正是春寒料峭的时候，大部分植物都还没从沉睡中正式苏醒过来。

他也坐得无聊，便把她手里那张餐巾纸接过去，在下方把她写的那些植物名挨个抄了一遍。他顺手数了一数："1，2，3，4，5，6，7，开了七种花啦！"

她的字近小楷，他的偏行草，排在那方小小的纸巾上。她心下一动。

她说："你说我们会不会找到第十种？要不然我们打个赌？一会儿我们去公园里再找一找。"

旁边那个公园，是从前他俩从咖啡馆出来后经常要去遛一圈的。他第一次吻她也是在那儿，在一片八角金盘的阴影下，趁着四下没人。他鼓起很大勇气，生怕她拒绝他，他紧张得手心都是汗。她没有拒绝。她只是低下头，笑得很甜蜜。

他们现在已经很久没有亲吻了。

"好啊，赌什么？"他说。他是一个很擅长说"好啊"的男人。

不如赌我们不要分开啊，如果找到第十种我们就永远不分开好不好？她心想。当然，这句话不能说出口。

"我想不出来，你来想吧。"她说。

他也表示想不到赌什么，这个短命的赌约就此作罢。

坐到暮色初起，两人出了咖啡馆，一个向左，一个向右，他有个客户的饭局，她这天晚上按惯例要回父母家吃饭。两人谁都没有再提要去公园的事情。

她走了几步，停下来，站在原地看着他的背影。她知道他们不会再见面了。

他是一个不擅长撕裂关系的人，除了他们刚在一起时为了她退婚，那是他人生中几近唯一的疯狂。即便如今这样无话可说，即便他眼里望她时已没了星辰，他依然会在她邀约时欣然说好啊。那不是他的余情，那不过是他的教养。

而在爱走到末路的时候，教养或许正是最伤人的。

她看着他的背影，知道这一眼就是告别了。

他的身影消失后，她拐了个弯，独自一人走进了曾属于他们的公园。

一开始，她当然不能想象他们有天是会走到今天这样的。

他们仿佛是最不应该在一起的两个人，偏偏抗天斗地地抱在了一起。

他们都是天水人。她认识他时，他在外地工作，还有一个相亲不久就订婚的本地未婚妻，正巧是她父亲熟人的女儿。他是在对情感不抱什么期望的时候遇见了她，两人一见钟情。

两个人都是从小乖到大的略闷性格，这桩情感使他们在各自的人生里都露出了自己最倔强的一面。他在一片反对声中坚持赔了礼金退了婚，她则不顾父亲要与她断了父女关系的威胁坚持同他在一起。

那时候，他每周五都连夜坐五小时的火车赶回来看她，她也恨不能时时刻刻像寄生植物黏住他。两个快三十岁的人，都算不得年轻了，可是他们看彼此的眼神比那些热烈的小情侣更黏稠炽热。为了更近地守着她，他利落地辞了职回天水，重找了一份待遇远不如上家公司的工作。

她曾被他前未婚妻找到单位当众迎面砸了一筒雪糕也觉心甘情愿，他曾为她向她父亲下过跪。她的父亲还曾经在一次盛怒之下扇过他一耳光，他愣愣咬咬牙把另一侧脸也转过去，她父亲被气笑了，说："你这是想办个包月套餐？"他答："我想包她的下半辈子。"他们因为走到一起受了很多非议，那时却谁也没有动摇过。他们只说："我们要在一起。"

是的，只要能在一起，什么都不重要。

最终，双方家人都在他们的炽热面前让了步。

于寻常情侣来说，他们的相守已是来之不易了。

她自然以为这样一段感情把最难的时候蹚过来，就是幸福的漫长余生了。

原来不是的。

后来回想起他们最甜蜜的那两年，她脑海里就自嘲般总有个旁白：就笑吧你，让你哭的日子在后头呢！

他有没有哭过她不知道，她暗地里是流过很多泪的。

爱情是怎么走的呢？它的脚步悄无声息地，穿行在时间里，像一只鬼魅的黑猫。从他开始不再愿意为匆忙见她一面而把自己搞得很累，从他不再愿意为送她喜欢的那家早餐早起一小时，从他不再爱傻傻地盯着她看，从他不再爱缠着她一次次重复他没有新意的告白，从他同她在一起时的所有心不在焉……

不爱这件事没有呈堂证供，痕迹却无处不在。

她哭过，闹过。他只说她想多了。"不过是有点累了，生活那么大，爱情不是全部，我们不能一直生活在激情里。"他说。

她后来想想，其实他也是对的。不过是累了，累到不能再把爱情当全部。每个人其实都是很容易累的。

想通了，她也就慢慢倦怠了，不再提出无用的需索。再后来，她发现她对见他也慢慢没多少期待了。

爱情的魔法悄然消失，他在她面前逐渐还原出本来的样子。原来他不过是一个普通至极的男人，长相普通，能力普通，性格普通，甚至连能拿给一个女人的情意都平凡得半点儿不起眼。她黯然地想，原来不爱了就是这样的。她在他眼里一定也是如此。

因为曾被他深沉地爱过，她原谅他出不了口的不爱了。

情人们都是塑了金身的庄严佛像，等时间剥掉了它们的外衣，里面不过是一只只相似的泥胎。

这就是她一生中最壮烈的爱情事故，踩在年轻的尾巴上。他们共同演绎了一生中或许是唯一一次的神话，直到舞台灯光渐暗，观众全部离场，他们亦是两个早没了心劲的戏子，还在台上拖沓地舞着水袖心意游离地唱。

她想她大抵还是应该感激这相遇的吧。感谢他让她明白什么是被情爱烈焰灼得心甘如饴，她终是明白了爱情为什么被称为在平淡的日子里嗑药，它使两个人心心念念想要过成一个人，又一点点让人厌倦到想回归成两个人。爱情不过是时间无常的产物，它使她尝到情深时极致的甜，以及最终使她懂得什么是失去时极致的苦。

与他在一起的这两年，她生活里好像并没有什么大事发生过，又好像所有沧海桑田都已走过，一颗心已尝过了迟暮的味道。

最后一次约会的那天，她一个人走进了公园里，慢慢地细细地找着公园里的花朵，其间也路过了他第一次吻她时的那片八角金盘。

终究是没有凑出第十种花来，甚至再多一种也没有了，她去见他的路上曾遇见的便已是全部。大部分植物都还是光秃秃的，露出一副刚刚艰难越过冬的元气大伤的模样。

爱过是不言悔的。她只是有点难过，她所在的时代，远离战火硝烟的生离死别，没有梁山伯与祝英台的父命难违，她与他不过是俗世烟尘里两个想要在一起的人。距离没能隔阻他们，父母没能拆分他们，身边的道德非议都没打散他们俩，最后他们自己败在了时间手里。时间像贪婪舔冰棍的小孩一样把他们这段感情的甜分吮吸干净，仅留剩两支惨白的遗骸让他们傻傻地擎在手里。

正是这失色来得这样平淡无奇，这悲伤才让人更加悲伤。

花谢犹有重开之日，他们却再也不会是花下并肩的那两个人。他与她，不过是这世间再寻常不过的分手恋人，没有可供传世的轰烈爱情，只有不值一提的相仿哀伤。

总有
一个人
要先走

城市 ● 常德

他们的爱情不开喧闹的花，
不散发张扬的芬芳，
只是沉默蜿蜒，
就郁绿了彼此整个的生命。

　　爸爸查出肺癌那天，是我成年后第一次痛哭，我的妻子小季也哭得无法自抑，妈妈却没有表现出过度伤心。她只是怔了好久，悄悄抹掉了眼角的一点泪花。

　　爸爸也很冷静。在详细咨询了医生，得知接受化疗的过程和结果后，他独自在房间里待了一天，出来吃晚饭的时候宣布，他拒绝治疗。在我和小季的劝说和反对声中，妈妈始终沉默着，只是一声不响地往爸爸碗里夹菜。

　　爸爸有自己的医保，治疗费用摊下来，家里要负担一部分，但也是家庭经济实力允许的范围内，并不会造成困窘。但爸爸坚持不冶疗。他说，他的人生已经进入倒计时了，不接受冶疗，有数月可活。而接受冶疗，医生已经明确告之，即便是通过化疗，也不过是延长数月至大半年的寿命。他不愿意把自己最后的人生放在医院接受一次又一次痛苦的化疗。爸爸说，在他所剩不多的时日里，他希望过自己想要的生活。

爸爸恳切的话最终打动了我和小季。而妈在一边沉默了许久以后的一句："让我们回老家吧，你爸一直想家。"这彻底让我接受了爸爸的决定。

两年前，我和小季结婚，为了照顾从小城的学校退休后住到农村的父母，我们劝说再三，将他们接到了我们身边。在这高楼林立的闹市，回想起来，爸妈确实是不自如。他们时常怀念农村出门就可见的田野河流，喜欢与邻里淳朴无间的家常往来，不习惯大城市里的坏空气。

第三天，我和小季就将他们送回了农村老家。

回来的路上，小季就问我，你说，你妈爱你爸吗？

这个问题，在我心中也时常微妙存在。

我读不懂父母的爱情。在我印象中，他们总是淡淡的。不曾见过他们争吵，也很少见到他们像别的夫妻那样甜腻打闹。爸爸对妈妈没有甜言蜜语，妈妈也从没有像别人家的妻子管束丈夫那样约束过爸爸。相对别的夫妻，他们之间有太多的自由和个人空间。

我一直不喜欢相敬如宾这个词。上中学时初通人事，我便觉得，一对相敬如宾的夫妻，是多么的悲哀。在我心里，爱既然落在尘世里，必然是带着占有欲和患得患失的恐惧的，只有不够相爱的人，才有余地去从容。这让我质疑我父母间是否有爱情，还是像许多那个年代的人一样，只是媒人撮合起来的一对用来消磨人生的夫妻。

爸爸五十三岁，突来的病患让他的命运拐了弯。而他与妈妈的情感，却似乎未有新意。

现在，爸爸的生命进入了倒计时，他放弃了艰辛的抗争，妈妈支持了他的放弃。

爸爸回去以后，他们的日子竟然也过得从从容容。

荒芜已久的院子重新打理得一片生机，爸爸隔三岔五去花市，买来许多花树，雇三轮车拉回家种下，白木香、佛手柑、绣球、含笑……几株开粉白花朵的蔷薇绕墙而行，郁郁葱葱。我和小季每月回去看他们，小院的花是一次比一次繁盛。春天收尾，夏天来临，在花团锦簇的蓝色绣球花丛里，两把老藤椅并肩摇立，说不清的踏实默契。

爸瘦弱的身体穿梭在灌木丛里扶锄松土，妈在院子一角拎桶接水浇灌。我劝我妈："爸爸身体不好了，你劝劝他，别劳累这些事了。"我妈答我："劝不动，我看他做得高兴，就随他去吧。"

妈妈退休前是在小城职校里教植物课程的，一辈子最喜欢的就

183

是花。爸爸悄悄告诉我："这些都是你妈喜欢的品种。你妈一直想要这样一个院子。我年轻的时候总觉得自己忙，无空打理，又觉得明天还长。拖来拖去，居然拖了几十年。再不着手，就真要来不及了。"爸爸居然这样浪漫！妈妈的心愿，爸爸原来一直是看在眼里记在心里的。

我问爸："我妈知道这些花是你给她栽的吗？你给妈说过吗？"爸爸答："老夫老妻了，用得着吗？她每天看着这些花花树树，高兴着呢。"

饭桌上，我看见爸爸并没有因病对饮食忌口，肉和辣椒什么的，只要他想吃的，妈妈都给他做。

临走前，我问爸妈要不要考虑再跟我回去，我们一家人开开心心住在一起多好。爸妈都拒绝了。爸爸说："广儿，爸陪你半辈子，爸知足了，你现在也有自己的小家了。你妈跟着我半世辛苦，爸剩下的日子不多了，想跟你妈两个人过点安静日子。这里挺好。"

生命最后的日子，我爸选择和我妈一起度过。

爸在院子一隅种了一整块地的豆角。爸爸凑过去捉起叶脉上的一只青虫，对我说："这豆角我怕是吃不上了，到时你们多回家陪你妈一起吃吧。"

爸妈回去后，我和小季每周末都回家看他们。有一个周末，妈妈提前打电话过来通知我们不要回去，说有亲戚结婚，他们要去参加人家的婚礼，没有空在家。事后从姑姑的口中，我才得知，爸妈是出去旅游了，在云南待了八天。怕我和小季会不同意才两人商量好先瞒住我们。

我生气地责怪爸爸对自己的身体不负责任，妈妈也太纵容他了，跟着瞎搅和。妈妈后来对我说："你爸时日不多了，我们就尊重他，让他把想做的事都做了吧。人活一辈子，终归都是要走的，如果能做到不留缺憾，那就是完满了。"我无语应对。

爸爸患病后在许多事情上他们出奇地一致和默契，让我觉得，他们一辈子平淡从容的相处模式，也许不是他们不相爱，而恰恰是因为，他们是那样相似的两个人。他们是彼此的同类。

云南回来后的第二周，爸爸病重了。这一次，全家尊重了爸爸的选择，没有去医院接受抢救。爸爸在自己的家中，在我们所有人的陪伴和注视中，平静地离开了人世。临走前，爸爸似乎没有什么话想说。他只是轻声叫了一声"秀行（妈妈的名字）"，妈妈把手递给他，两只干瘦的手握到了一起，十几分钟后，爸爸离开了人世。

爸爸的葬礼上，妈妈井井有条地打理着事务。虽然悲伤，情绪却没有太大失控。棺柩入葬的时候，妈妈用她瘦弱的臂膀环住了我因压抑哭泣而抖动的肩。妈妈说："广儿，你不要哭，你爸走了，他在那边再也没有病痛了。"

只是，几个小时以后，送葬的队伍散去，妈妈还不愿意离开。她让我和小季都先回去，她说："你们走吧，我想在这儿安静地陪陪他。底下黑，他一个人多孤独。"

爸爸离世后，妈妈的人生没有衰败，反而开始喜欢旅行。这短短半年里，她通过小城的旅行社多次跟团旅行，分别去了三亚、南京和浙江。没有了爸爸的妈妈，似乎过得更洒脱了。

回家看妈妈，聊起旧事。第一次跟我说起她与爸爸的相识到结婚。妈妈说第一次通过媒人介绍见到爸爸，她就觉得，这辈子，就是这个人了。妈妈回忆时脸上那一刹闪过的少女般的娇羞，分明就是爱情。

妈妈说起，她与爸爸快要结婚的时候，爸爸有个女学生很仰慕他，经常去找他。她听到风声，心里很纠结，最终还是决定不去问他。妈妈说，那时候，她用了几天几夜想通一个道理，爱情不是能要来的东西，如果他是爱她的，那么就是爱她的；如果不是，争吵也没有意义。那时她唯一笃信的便是，以她对我爸人品的了解，他绝不会骗她、负她。后来那件事情果然不了了之，听说爸爸拒绝得干净彻底。

妈妈还说，几十年走下来，她与爸爸之间也有过一些怄气的时候，夫妻哪有没生过闲气的？但每每想一想，人生也就是短短几十年，下辈子不知道还能不能遇到他，气就消了。

我问妈："你和我爸一辈子都没有说过一句我爱你，不觉得遗憾吗？"

妈妈说："爱不爱不是一定要用说来表达的，心里知道，比什么都好。"

妈妈朴朴实实的一句话，让我心中一片唏嘘。也许，人只有对不确定属于自己的东西，才需要反复强调。与爸妈的情感相比，这世间许多的爱是不是浮躁了些？

妈妈翻开她的旅游相册。我看见在云南时虽有病态却一脸满足的爸爸握着妈妈的手站在洱海前，看见在大理的小巷中他们悠然并肩行走，我还看见，在三亚，在南京，在浙江的杭州和西塘，在妈妈后来独自去到的许多景点照片里，妈妈手上都执有一张他们的合影照。

妈妈说："这都是你爸生前想过要去的地方。他来不及去，我把他带过去。"

我第一次读懂属于父母的深情。

妈妈跟我讲过的一段话，我讲给小季听时，小季哭了。

"每次在医院里看见那些求生不能求死不得的可怜病人，我就庆幸当初没让你爸遭罪。我了解你爸，你爸是一辈子最要尊严的人，他不怕死，就怕走得不体面。广儿，你不要怪妈妈支持你爸爸，没让他争取治疗。你爸走了，我是最伤心的那一个。但是我宁可看着他高高兴兴走，不能看着他活着受苦。我相信换了我，你爸也是这样的。"妈妈说，"每个人最后都是要走的，就像每一条河，每一条溪，最后都要流向大海一样。我愿意他从从容容地淌过去，在那儿等着我。"

许多像我这样自诩聪明的儿女，总喜欢以自己的认识，来剖析父母的情感。而我用了半生才明白，我爸妈的爱情，原本像一片无言的沃土，没有花哨的张扬，不需要浅薄的表达，却是彼此人生最可靠最实在的默然根基。

这人世间的爱情会绽放出许多面目。而他们的那一株，沉默蜿蜒，将彼此的人生都繁衍成葱茏绿意。

北京，北京

城市 ● 北京

他懵懵懂懂地，概括不清这来路不明却沉重浩大的悲伤，像摸到了他一直在躲避的、姐姐心里那模糊的一角。

　　小的时候他家总有一张天安门的大幅彩画。画就挂在堂厅的主墙上，每天吃饭都能看见。每年大年三十的时候跟着门上的对联一起换，但换来换去始终是天安门，那面墙没贴过别的景。

　　画是外婆选的。去趟天安门是她那代人的梦想。她吃饭时经常摸着他们两姐弟的头，拿筷子指指它："你们俩好好上学，以后考到北京去上学工作，天天能瞧见天安门。"

　　他和姐姐小时候便把北京很当回事，觉得能上北京是顶出息的一件事，更别提见着天安门了。

　　爸爸向来不爱说话，那时只是闷头吃他的饭，时不时拿手指顶顶鼻梁上掉下来的眼镜。他是个乡村中学的数学老师，收入菲薄，

189

本身有些木讷寡言，又讨了个挺能干脾气也大的老婆，一家四口住在岳母家，自认在家里是没什么说话权的，话便更少了。

他们的妈妈很少在家，她贩卖药材原料，走南闯北的，一年中一家人能同桌吃饭的日子不多。妈妈即使在家，脾气也很暴躁，经常在他和姐姐叽叽喳喳说话的时候一筷子抽在他们头上："吃饭时不要说话！"他和姐姐对视一眼，都悄悄埋下头吃饭，谁也不敢顶嘴。

妈妈在这个家是很有权威的。她一个人挣着这个家五分之四的钱，又有走南闯北的眼界，当然，还有全家最臭的脾气。不只他们姐弟，全家人对妈妈都是有那么点儿又敬又怕的。

"妈妈一定见过很多次天安门了吧！"他把饭扒得飞快，羡慕地想。他真渴望能一夜长大，当然，是长成妈妈那样的大人，而不是像他那个在小学学校里待了小半辈子看起来还将待一辈子的爸爸。

这是他的童年，映在一张张印刷鲜艳的天安门油画背景里，成长里的开心或痛哭，眼里都时常倒映着它的斑斓。

他年少时太多快乐的记忆都是和姐姐一起的。

两人一起捉迷藏，讲悄悄话，一起爬上阁楼偷外婆藏起来的零食吃。翻来寻去，坛子里无非是冬瓜糖、糖姜片、南瓜酱、大块黄冰糖，都是那年代江西小地方逢年过节亲友们拎来拎去的人情礼物。

两姐弟每次每样里拿一点，蹑手蹑脚吃得很开心，两对眉眼相对着笑得很精怪，两人都以为是他们够小心才不被发现的。长大以后他回望过去，才知道那时外婆哪能不发现，不过是每次故意把东西放在那一处让两姐弟找到的。

姐姐年长他一岁，瘦瘦的，个子也算不得高，从十一岁那年个头被他追上了，此后一直比他矮。就是这样一个大风一吹就像要吹走的姐姐，不知道为什么很能打架，周围几条巷子里的坏小孩都怕她，他们中很多人都被姐姐"修理"过，多半时候是因为他们欺侮他。这些小孩后来碰到姐姐时都会停下来尊敬地喊声"靖姐"，他跟在背后，心里隐隐有点儿觉得骄傲。

年少时姐姐在学校打了架，常有男生由家长领到家里来告状（姐姐从小是只同男生打架的，说打女人没出息），人走后，外婆就要气得在姐姐身上拧几把，模样很凶，不过姐姐悄悄同他说外婆拧人不过是做个样子其实不疼的。

外婆一边拧姐姐的时候一边总要念叨家门不幸，嫁出去一个蛮婆子，又养出个新蛮婆。

蛮婆是当地土话，指姑娘刁野泼辣。外婆骂的第一个蛮婆子是小姨。

在附近那几条巷子，他们小姨是很有名气的。她从不主动欺侮人，却生性也受不得半点儿闲气，因为实在太能打又打不怕，十来岁时就几条巷道闻名，让一些原本欺侮外婆家没男丁的恶邻望风而逃。外婆观念传统，觉得一个女孩出手打架是没体统。小姨手脚利落，跑起来小火铳一样，外婆有时想惩治她也逮不住，只有晚上趁她睡了伸手进被窝去狠掐几把。只是小姨心眼多，料着哪天闯了祸外婆晚上要来，就跟大姐换着位置睡，外婆摸黑一掐，经常是大女儿也就是他们俩的妈妈悲呼着从睡梦中一跃而起。故而小姨虽然生得美，附近却没人敢娶，后来媒婆上门来替小姨说亲，也是特意挑了远隔上百里的人家。

小姨婚后却是很贤惠，对公婆孝敬和睦，跟那个一棍子打不出三个屁的忠厚丈夫感情很好，两人隔三岔五常一同回娘家。小姨宠他们姐弟，每次来都带他们到巷口的小商店去买零食，走时再一人偷偷塞上几块零花钱。他们姐弟每次听到小姨小姨夫的自行车铃声在门口响起，就欢欣雀跃地蹦出门去。

两姐弟在学习上没让家里人操过心，一直在学校名列前茅。

姐姐比他早一年参加高考，发挥得不太好，没考上北京第一志愿，进入了南京一所大学。第二年的时候，他如愿考到了北京，学医。

这两个暑假一家人一年比一年高兴。爸爸明显得话多了些，妈妈的脾气也好了不少。他和姐姐上大学的行李箱都是小姨送的，家境也不是多宽裕的小姨连着在两个暑假眉开眼笑地扎进城里最大的那间箱包店："就要最贵的那种，结实耐用好看的！"

最高兴的还是外婆，他通知书下来的那个暑假她天天搬着竹椅坐在门口纳凉对着过往的每个邻居笑，就等着别人一次又一次问起她外孙考到了北京的事，笑得脸上的皱纹湖水似的一层层漾开。

他拎着小姨买的行李箱进了大学，第一件事就是去天安门看升国旗。看完升旗仪式站在天安门前拍了张全身照给外婆寄回去。打电话时听爸爸说外婆拿着那张照片到处显摆，附近的老头老太太基本全看过了。他有点儿窘，笑得很无奈。

他发现大学生活和他想的不太一样。在大学里，成绩似乎不那么重要了，同学们的家境和阅历天差地别，来自小地方的他好多话题都无从参与交流。从小到大作为学习尖子备受瞩目的他在众多来自大城市话题侃侃的同学间就像一粒微尘。

无聊的时候他给姐姐写信。别人都在忙着谈恋爱，他写了四年的信。

他给姐姐说他去天安门看过几次升国旗，每次都有很多特警，特别威严庄重。不知道为什么，太庄重就让人想哭，也不是因为爱国。姐姐回信说理解。

他也写学校的事。跟姐姐说第一次上解剖课大家都很紧张很害怕，后来慢慢就不怕了，一边上课一边抽空给长头发女尸编辫子。解剖完的尸体用袋子装了放在后院，有次有个二杆子男生偷了头出去在操场上当球踢。姐姐回信时严肃地说，小弟，你就不要去踢人头了，我们要敬畏生命。

大四时他谈了场恋爱，毕业前夕女孩决定出国，希望他一起。他在梧桐树下发了半天呆，摇摇头。夹道的浓密树荫里，他向北，女孩向南，脸上的眼泪冰雪一样细细地流，只感觉幽微的凉意细细攀满周身的毛细血管。在那遭周身的凉意里，他不仅看到了他人生的初恋落幕，也看到了人生第一道不可抵挡的荒凉。这件事情他没有写进给姐姐的信里。

他不知道姐姐大学里有没有恋爱过，他们几乎不交流各自的情感问题。他们姐弟出身于古板传统的江南小城，他们骨子里对感情的态度都是保守内敛的。

姐姐大学毕业后就进了一家外企当翻译。工作第一年来北京出差，她住在他们学校附近的地下室改造的旅馆里，找旅馆老板加了税钱开了酒店价格的住宿票，省下来的钱带他去配了新眼镜买了身新衣服。

那天，姐弟俩去一家小店吃了四十八元一只的烤鸭，又跑去逛798。路过橱窗对着彼此的影子互相揶揄，都说对方是爸妈的副产品长得丑，自己才是好看的那个原装正品。两人像小时候一样笑得响亮，笑声滚落在北京的街巷上，这于他在北京的日子里是难得有的。

大学毕业时，学校里平时就挺喜欢他的一个教授出面，帮他分进了一所郊区医院。待遇说不上好，但待满几年合同期就能拿到北京户口，光这点已经引来很多同学羡慕。

姐姐后来升了主管，拿了年薪。升职后来北京出差也来得频繁了，每次住的是五星级酒店。姐弟见面，有时在他医院周围信步逛逛，有时就坐在酒店房间里对坐着聊天抽烟。他第一次见姐姐熟练地在他面前夹起烟来时心下暗暗有点儿诧异。不知道是不是因为看着姐姐抽烟时常常发呆的那有点儿虚渺的眼神的缘故，他总觉得姐姐内心是不快乐的，虽然她还像小时候一样笑点低，总是听人说点儿什么就哈哈大笑。

有次沙尘暴天，姐姐抽着烟推开酒店的窗户看着外面，突然没头没尾地说了句："北京太大了，就算是北京也不适合我。"他觉得那话有点儿奇怪，便笑着和姐姐斗嘴："姐，你过来出个差就受不了了，我天天守在这儿吹着大风熬个户口，拿的工资不到你的一半，沙尘暴年年管够，我都没说它不适合我！"姐姐没回嘴，扭过头来对他笑一笑。他后来一直记得姐姐那一笑，那天是他见姐姐的最后一面。姐姐那天临走时留给他一张卡，说是自己平时偶尔存点儿小钱的一张卡，他刚毕业花钱的地方多，让他留着备用。他本来不要，姐姐说密码是他生日，他看姐姐是早打定好主意的，看姐姐坚持，不想拂了姐姐的意，就收了。

姐姐回南京不久就自杀了，在房子里割了脉。他后来从姐姐的几个女朋友那里隐约知道，姐姐爱上过公司里的一个已婚男，是北京总部的。

他姐走了以后他去南京收拾遗物。他在姐姐的电脑上找到她的网络博客日记，设置只有博主可见。最后一篇是她死的那天写的，她写: 也不是为了什么，就是觉得活着没什么意思。他看得又气又悲，他想，姐，你不是告诉我要敬畏生命? 你就是这么敬畏生命的?

姐姐刚走的那几年，他情绪消沉，躲着关于姐姐的所有记忆，那张卡也就被遗忘了。五年后他买婚房时想起来，找出来上银行一查，里面有十二万，大概就是那时候姐姐的全部家当了。原来那天站在他面前的，是一个来同他告别的姐姐。

北京那天又是一个大风天，路边银杏叶子黄灿灿漫空破云飞，他从银行出来，一路走一路擦眼角，后来干脆不管不顾地淌起泪来。

姐姐走了，家里没人常来北京看他了，他觉得北京就更空了。这里的人不排外，但大家都很忙，人情就有些淡。后来他和同科室同事的妹妹谈了恋爱，心情慢慢好起来。

家里也是，姐姐走了以后，好些年家里过年的氛围都有些悲戚。一直到他把女朋友带回去那年，家里人才重新开始谈笑活络起来。后来他俩结了婚，添了女儿，一家三口回家过年，家里又恢复了和别人家一般无二的热闹喜庆劲儿。

　　每年他们一回老家，和家里关系好的几家邻里都跑来家里坐一坐，问问东问问西地同他们聊天，说"北京人回来了"。他有时听着心里想笑，心想北京人又怎样，他这个北京人不一样天天在科室陪着同事领导玩每个单位都躲不掉的钩心斗角尔虞我诈，背上背着半辈子看不到头的房贷，从孩子一学走路就开始操心起孩子的入学问题。当然，这些是他不会聊起的，来人也没有真想听。

　　客人里也有他一些同龄的玩伴，其中几个大小伙都是小时挨过他姐姐揍的。这么多年过去了，大家还是都不聊他姐，话题默契地绕着走。连他那说起话来嘻嘻哈哈没心没肺的小姨也是。

　　这一年过年，家里那面墙上贴的还是天安门的彩画。外婆现在年纪大了，走不动远路，画都是爸妈去集市上买回来的。现在的做图和印刷技术都一年比一年好，贴在那儿俗气也是一帧精装的俗气。

　　近几年药材生意不好做，妈妈也就不做了。爸爸两年前也从学校退了休。他女儿出生那年，他们老两口去北京帮他带过一段时间孩子。他妻子是个地道的北京姑娘，家里捧在手心里养大的，人很善良，就是脾气有点儿急。他曾经有点担心他妈和他妻子两个脾气都不太好的女人在一个屋檐下闹嘴角。没想妈妈过去后脾气却很好，好得有时候看起来都有点儿低声下气，生怕哪处做得不好惹儿媳妇不高兴。他妻子也是个领情的人，对两个老人很客气，但相处起来总归是生分的，加上卫生习惯不一样，两边都觉得憋屈不自在。他爸妈待了不到一年就提出回家了，父母一走，他明显感到妻子也松了口气。

老两口回去以后就每天待在家里做做饭喝喝茶看看电视收拾一下屋里屋外，还养了一只狗和一只八哥。妈妈现在脾气温和得多，对老公言听计从的，他爸爸话自然也就比从前多了很多。

一年回一次，现在回家里就有点儿像客人，父母待他们一家三口都有点儿客气。

腊月二十八那天，家里收拾着准备过年，一家人都很忙碌。爸妈打扫屋子贴对联换年画，外婆炸鱼块炸肉丸子，他妻子主动去给外婆打帮手。

他爸嫌门旧了，上面的漆掉得斑驳碍眼，要重新刷一遍，他上去接过了爸手里的漆桶。他刷了大半天刷了家里前后里外六扇门。最后刷到后门的时候，他停下来抽了根烟。

那道门框上一道一道地，画满了一排长长短短的小横线。那是他们姐弟俩以前画下的身高线。开始是姐姐高一些，十一岁那年两道线并合了，然后就是他一年年高出姐姐。

抽完烟，他站起身，在门框上贴着自己头顶画了一道。隔着一段空白，那条横线孤零零地在别的线条上跟他对望着。他眼眶酸酸的。

厅堂里，外婆正在和他的女儿说话。外婆抱着阁楼上的一只坛子在给她吃冬瓜糖。他认识那只坛子，他和姐姐小时候没少从里面掏过吃的。他那吃惯了巧克力和各色进口零食的小女儿冬瓜糖一进嘴就吐了出来："这什么东西，真难吃。这么甜，肯定是垃圾食品，吃了会让我长胖的！"他走过去，上去就给女儿屁股上拍了一下："你怎么跟太婆婆说话的？还有规矩没有？"外婆心急地伸手来挡也挡不及。

女儿没有哭，他自己的眼泪却刷地流下来了。他像一个小孩童惊奇地发现自己装在一个一米七八的躯壳里，他为这副成人的躯壳委屈得想哭。他想，他怎么就长大了呢，长成了一个心里再没有图腾的中年人了。他这个半新不旧的北京人站在江南老家的旧宅子里，站在那帧簇新的天安门油画下，只想着自己在这个世界上没有去处了，他迷路了。

他懵懵懂懂地，概括不清这来路不明却沉重浩大的悲伤，像摸到了他一直在躲避的、姐姐心里那模糊的一角，人生不可概括无从出逃的无言哀恸。

行经过你，
春风十里，

城市 ● 深圳

珍惜那些手握珍宝的时间。

永远以死相逼地提醒你珍惜，

那些酷烈的花朵就是这样，

朱凛凛是在二十二岁那年认识周颂栖的。

那年朋友介绍朱凛凛接了周颂栖所在公司的一个活儿。

提交设计案的那天早上，朱凛凛从衣柜里扒拉了半天衣服，最后翻出来一件深杏色长衫、一条浅卡其色长裤出了门。

那时的朱凛凛刚从出版公司辞职两个月，小小出版公司里的钩心斗角看得她心堵。离职后她基本没出过门，每日蓬头垢面宅在家里日睡夜醒地给一些杂志画插画，饿了就趿着拖鞋在楼下那排小摊位上随便吃点，日子过得懒散自在，已经有一段时日没正式见过人。

阳光炙热，朱凛凛出门时下意识挡了挡眼睛。走在路上，看着人来人往的短袖吊带，朱凛凛才发现这天热得完全不像个春天，自己穿多了，引人侧目。很久没见到人群嘈杂的白日街道，朱凛凛感觉自己像一只突然被暴露在人间的妖物，一路都顺着墙边浓密的蔷薇藤蔓走。

周颂栖的模样很周正，五官都是标准圆厚的那种长相，像匠人爱雕画的那类佛像。大朱凛凛七岁的他看上去大不过她三两岁。大约因为走得急，周颂栖的额头上沁出了细密的汗珠，站在朱凛凛面前时，一边扬起手来擦汗一边对她笑笑，笑得很温厚好看。

周颂栖那天很忙，两人就约在一家工商银行门口见的面。周颂栖打开他的随身笔记本电脑看了看朱凛凛的设计就满意地带走了作品，前后不过几分钟。

朱凛凛回去的路上轻快多了，她依然沿着街道两侧墙根下的绿化带慢吞吞地走，这才注意到蔷薇已经蓄满了花苞。

后来陆续又见了几回，都是设计合作的事。周颂栖为人亲厚温和，工作起来却很严谨，不容马虎。以周颂栖的职位，这种设计上的事情本是不用他亲自过手的，但他就喜欢什么事情尽量做到最好，总要亲力亲为。在圈内，周颂栖的严谨和他的年轻有为都是小有名气的。周颂栖的话也简约，并不言其他，不像很多人都习惯用闲聊来拉近关系，倒仿佛知道朱凛凛有社交恐惧症似的，省了她不少心。那时的朱凛凛与周颂栖唯一的一点工作外的私交，就是他注意到她爱喝青柠檬水，若是约在他办公室见面，他总会提前泡好一壶。

朱凛凛对人的面孔记忆都不太好，后来几番想起周颂栖来，脑海中都是他指着方案同她认真交流的样子。是的，男人认真起来的样子是极好看的。

朱凛凛对周颂栖印象很好，也只是人与人之间那种好，朱凛凛一早知道周颂栖是结了婚的，谨守如她断不会去多想。

有几次朱凛凛仰面躺倒在阴暗狭小的出租屋里，想起周颂栖，想起朋友说过周颂栖出生于中产之家以及他的年轻有为。朱凛凛暗想，周颂栖大概永远也不会经历她这种生活吧。与周颂栖明亮积极的人生相比，她就像一株无名野草，躲在无人的暗处，孱弱又坚忍地要在这座原本不属于自己的大城市的缝隙里扎下根，开出无人在意的花来。

几次合作之后，周颂栖换了公司，一度没了业务联系。朱凛凛这种懒人向来是不会主动去联系别人的，加上后来她因为丢手机索性重换了个电话号码，两人便失了联系。

在家宅了一年多，朱凛凛又去上班了，是男友唐路鼓励的。唐路说，人总是要与外界接触的，你不能这样躲一辈子。

朱凛凛在二十三岁这年才谈了人生第一场恋爱，对象是她的高中同学唐路。唐路锲而不舍地追着她长跑了很多年，在搞掂朱凛凛之前，他已经分别搞掂了朱凛凛的妈妈和大学舍友们，所有人都帮着唐路敲边鼓。从十五岁的高一到二十三岁，唐路一直是朱凛凛生活的旁观者，从大学到毕业工作，唐路都跟着朱凛凛的脚步择城而栖。朱凛凛与其说是爱上了，不如说是被感动了。

唐路劝朱凛凛："你看你大一就开始做兼职，大三就开始全职上班，你身体里的能量是很大的。只要你愿意，你完全可以适应这个社会，并且是个很优秀的社会人。"朱凛凛想了想，就去上班了，主要还是因为缺钱。

朱凛凛好像一直缺钱。从大一开始，她就忙着给杂志投稿画插画，课外去站超市促销，带家教，做门迎，卖过衣服、平安夜的苹果和情人节的玫瑰。大三时她说服了辅导员并做出了每学年成绩都入系奖学金的保证，以换得不必出勤点名的特殊待遇，得以去之前的出版公司上了几年班。那时家里同时供两个大学生，父母负担重，朱凛凛心疼父母，更怕哪天家里凑不齐学费便断了她的翅羽。不管怎样，若要让一个孩子休学回家，父母选的总不会是她那被当宝一样的哥哥。朱凛凛就怀着这样的恐惧在谋生里度过了自己的大学时光。大三全职工作后，朱凛凛开始慢慢补贴家里，哥哥争气，考完研又上博，父母嘴上挂着穷过了半辈子，哥哥后面的学业就指着朱凛凛了。

朱凛凛听了唐路的劝，进一家公司上了三年班。她所在的设计部五个人关系都不错，常一起去吃午饭。

第三年的时候，公司要裁员，设计部的五个人里也要走一个，名额自然是落在公认的设计水平不太好的那两个人里。平素关系不错的两个人斗起狠来，从背后的小阴招到最后挂在脸上，看得一旁的朱凛凛触目惊心。那次裁员之后，朱凛凛不久就辞职了。那时的她已经不是那么需要钱了，哥哥开始工作了，她闲时给杂志画插画每月也有一定的收益。既然无关生存，朱凛凛不想在公司的下一次裁员里坏了与同事的情谊。

　　唐路很不理解，对朱凛凛有些指责。说教中，他又搬出朱凛凛大学时的例子。朱凛凛望着他微微一笑，答："我那时那样努力，也不就是为了有天能不再为了钱强迫自己吗？"

　　朱凛凛就是这样的，什么事情拿定了主意，斩钉截铁了，声音和姿态都反而细柔。这一点唐路是了解的。

　　就像她后来说分手一样。

　　分手是朱凛凛提的，但其实两人都明白，分手是迟早的事，唐路不过是逼朱凛凛开口主动提出了。

　　曾经花了八年追求朱凛凛的唐路，刚同她在一起时好得无以复加，不消说怎样对她照顾得体贴入微，就是每个月她快来大姨妈的日子都是唐路记着帮她把卫生巾备进包里的。朱凛凛从小没被人那样宠过，在唐路的温柔里先是很有些手足无措，后来慢慢适应了，还是时常幸福得暗自想哭。

朱凛凛打开心扉领了唐路的好，全副身心也就沉溺了。她温柔地回应他的付出，回馈以他同样珍重的好。渐渐地，朱凛凛在这段关系里代替唐路成为了主要的付出者。

心心念念一个人的时光很美，而摧毁那些美好时光不过只需要一个条件——在一起。唐路在与心心念念的初恋女神交往三年多之后渐渐失去了新鲜感，觉得不过如此。唐路脸上的每个表情都写满了懈怠，后来那懈怠就变成了不耐。

朱凛凛不是那种被捧在手心里长大的孩子，对不耐这种东西是很敏感的。她恐慌过，努力过，终于还是在意冷心灰时吐出了那三个字——分手吧。

唐路走后，朱凛凛有了一段前所未有的痛苦时光。在唐路那里，她既然得到过前所未有的珍爱，那最后自然也就拥有了前所未有的失落与悲哀。

那个人，不是她主动要爱上的，也不是她主动要放手的，他在她生活里的到来与离开，皆是他同她的命运一同联手放肆安排，全然由不得她做主。朱凛凛很痛苦，痛苦得毫无办法。唐路对她来说就像一场劫，可即便渡劫了她也不会飞升上仙。

朱凛凛的妈妈对他们的分手也很不满。唐路嘴甜，家境在当地也算得不错，两家知根知底，朱凛凛妈妈心中早已替朱凛凛认准了唐路。对他们的分手，她妈不详内情，只知道分手是女儿所提，常打电话来施压要求她去复合。朱凛凛很烦躁，她的自尊心让她不想多说，也怕以妈妈的个性到时去找唐路家生出是非，只有忍耐。

不过是一次失恋，那时候的朱凛凛却感觉自己站到了悬崖边上，生活充满了崩盘的危机。

为了打破这种危机，她一个人跑去欢乐谷尝试了自己一直都很害怕的过山车。那天，每次高空俯冲下来的时候，她就假设自己死过了一次。

旧我不断死去，新我就当忘记。

从过山车上面色苍白地走下来的时候，朱凛凛的手机响了。"嘿，你知道我是谁吗？"是一个温和熟悉的成熟男声。

一直到很久以后，朱凛凛也无法向自己解释清楚，为什么时隔五年，当时她却在一瞬间就听出了电话那头的人，是周颂栖。

时隔五年，朱凛凛与周颂栖又见了面，这一次不再是业务关系，纯粹是以朋友的模样，两人一起去喝茶叙旧。

周颂栖说这五年里他一直在找她，问过那个朋友要朱凛凛的新电话号码，那朋友也说失去了联系，没有要到。后来是在网上百度到她的博客，链接一一寻过去，打电话到她上家公司，才辗转联系上她。

朱凛凛闻言颇有些意外。

周颂栖问了些她生活的近况，知道她现在在家自由画插画，说这样的生活其实是适合她的，她其实不太适合功利分明的社会关系。朱凛凛发现，原来周颂栖不声不响，一直是那样了解她。

以前有合作的时候，周颂栖也曾夸过数次朱凛凛的作品有才气有灵气。朱凛凛能感觉到周颂栖是喜欢她的。她想，那种喜欢也是一种人与人之间纯粹的欣赏吧。周颂栖对她来说，是不属于她那个世界的人，除却出身不说，他那样优秀的人放在人与人之间就是一片深不可测的海，映衬着她的清浅。同时在她眼里，周颂栖又是那样明亮磊落的一个人，对她的那一点喜欢也定然是简明磊落的。

那天见周颂栖，朱凛凛莫名觉得十分亲近，像久违的家人。

周颂栖要走了她的 QQ 和邮箱，他笑言，电话号码太脆弱了，他不想日后再与她失联了。此后两人便偶尔在 QQ 里聊天，后来微信盛行，朱凛凛第一天开通微信，也是周颂栖第一个添加了她。

或是感觉到了朱凛凛那时内心的低落，周颂栖那阵频繁约过朱凛凛几次，也驱车带她去过郊外，有带她散心的意思，虽然并不清楚她到底经历了什么。

那一次，周颂栖开了很久的车，带着朱凛凛去了一个湖边。那时天正微雨，湖边清冷无人，只有繁花杂芜。两人在湖前站定的那刻，突然有一双白鹭不知从哪里展翅飞出，掠过他们面前。烟雨朦胧里，一对白鸟的飞影极美。朱凛凛看得有些呆怔，心情也随之明朗起来。

回城的路上她总在微笑。只是笑着笑着，想到身边的男子是别人的丈夫，便为自己这份从他处得到的快乐有些愧疚起来。

路上雨大起来，到一处有商店的地方，周颂栖一定要下车去给朱凛凛买瓶水。看着周颂栖跑在雨里的背影，朱凛凛的心飞快地跃动了几拍。她的心在那一刻生出几分惧意来。

几天后，周颂栖再约朱凛凛去喝一杯咖啡的时候，朱凛凛便找理由推托了。周颂栖似乎心领神会，之后只与她偶尔在网上聊天，不再邀约见面了。

那年冬天周颂栖去了云南旅游，拍回来的照片风景极美。朱凛凛看他的照片，似乎是一个人独自去的。

一年后，朱凛凛也想出去走走，首先想到的便是云南。周颂栖知道了，挂念她一个单身女孩出门不安全，同城快递给她一纸手写的攻略。

周颂栖的字很飘逸漂亮，攻略也写得很详细，细化到哪家餐馆好吃、住哪家旅馆、租车司机的电话号码都一一备注好。跟攻略一起的还有一张他自己刻录的一家束河旅馆的碟片，他说："把碟片给旅馆老板，他们会照顾你的。"朱凛凛觉得心口暖暖的。

在那家旅馆住下的时候，朱凛凛想，嘿，这个房间，会不会正好就是周颂栖住过的？

那张碟片朱凛凛反复看了很多遍，有些舍不得交给旅店老板，因为里面店内歌手夜唱的那段背景声里有一句周颂栖的说话声。不过离店的那天，朱凛凛还是把碟片给了出去。因为这件事是周颂栖交代过的，她不愿意做不听他话的小孩。

是的，朱凛凛有时真的就觉得自己是周颂栖的小孩，被他暖暖地望着。

走到梅里的时候是深夜，天有微雨初停。一同拼车的人都理所当然地想这一趟白跑了，第二天是见不到日照金顶了。朱凛凛也觉得很遗憾，她是听周颂栖讲过日照金顶的美，很向往。周颂栖告诉她，传说登上梅里能见到日照金顶的人都是幸运的人，可以许下愿望。

朱凛凛遗憾得睡不着，半夜索性爬到屋顶，一个人在漆黑里待了许久，天亮时却隐约看到了金光。太阳升起来了！

随着几个窗口传来的惊喜叫声，屋顶上飞快地涌满了观看日照金顶的人。朱凛凛在一片欢欣声中亦喜悦地凝视那脉在日出中红艳异常的雪山。她脑海中飞快蹦出的那一个愿望完全没有经过她理性的筛拣。"能不能，让我和周颂栖在一起。"朱凛凛被自己脑海中的声音惊了一跳。

朱凛凛飞快地否定了自己的愿望。在双手合十面向圣洁梅里雪山的人群里，她满怀羞愧地祈求佛祖原谅她一时的贪婪。

朱凛凛知道，周颂栖的妻子那时正怀有身孕，周颂栖正在等待升级做父亲。

在梅里雪山，那是朱凛凛唯一的一次疯魔入怔。她后来再没有想过与周颂栖的可能。

两人一直维系着QQ上偶尔的交流，聊得频率不高，但开口时总是亲近贴心的，家人式的。周颂栖对她很关注，遇事很费心地给她出主意，大段大段打字给她，也牵挂她的职业前景。她后来陆续出了几本畅销绘本都得到了他的支持，有些时候涉及合同，知道她不擅长同人探讨利害得失，他便直接出面替她谈妥。

但两人鲜少见面，基本是一两年喝一杯咖啡的样子。因不是需要客套的关系，大抵周颂栖觉得没有必要。如此，两人之间便更显得珍贵。

朱凛凛也听过业内人评价周颂栖，都说他机敏现实，能力出众，也非常擅长保全自己。这评价毁誉参半。朱凛凛听了不以为然，周颂栖的现实她是半分也没见过的，她只知道在她面前他有多好，他于她的意义是别人不能替代的。这样便好了，他转过身去在外面的世界就是个杀人放火的魔王又与她有何相干。

朱凛凛后来经人介绍去相亲，相了第一次就成了，双方都没什么意见。相处了不到一年，便在两边家长的催促下风风火火地订了婚又结婚。

　　结婚的时候朱凛凛没给周颂栖发喜帖，他还是执意要了她的银行卡号给她打了一笔礼金过来。朱凛凛想，周颂栖是真的一心把自己当作她的哥哥了吗？原来他对她的喜欢真的是那样磊落啊。

　　他若是知道自己在梅里雪山前那样想过，还会这样待她吗？朱凛凛不敢深想。

　　生活中有很多事朱凛凛都不敢深想。

　　比如说丈夫是不是爱她。丈夫对她爱的热度朱凛凛感受不到，但凭心而论他对她真的是好的，下班就赶回家，工资卡主动交给她，有时候也懂得一些嘘寒问暖。

　　又比如说，第一次带丈夫回家的时候，她父母也只是问了他家境情况以及将来买的婚房写在谁名下这类问题，只有哥哥过来私下问了她一声："他待你好不好？"

　　朱凛凛知道，这世上的事是经不起推敲的，谁也不要为难了谁，更不要为难自己。

　　朱凛凛以为日子就是这样了，就要这样过完余生了。

　　结婚第二年她生了个女儿，与周颂栖的女儿同月份，刚好小了三岁。

女儿尚没学会走的时候，有阵丈夫行径可疑，露出诸多蛛丝马迹，她也懒得过问。后来她感觉到丈夫的全副身心回来，归了家里，对她比从前更上心，她对他的热络亦不以为意。

日子明明是安然无恙的，朱凛凛却不知为什么感觉自己活成了永生花，正一点点在日子里失色失水，变成玻璃罩里被保全的标本。只有专心画画的时候，以及望着女儿那纯洁无暇的小胖脸蛋的时候，她的心才是充实的，有着水波一样轻荡的温柔。

在快被那种不能言语的孤独吞噬殆尽的时候，朱凛凛在一家美术馆偶遇了周颂栖。

那是一个新近走红女画家的画展，朱凛凛路过，顺道便进去了。正赶上女画家面对采访镜头发言，清爽干练，落落大方，看得朱凛凛有几分羡慕。后来感觉背后有目光，朱凛凛转过身去，便对上了周颂栖的笑意。

朱凛凛知道周颂栖笑的是什么，吐了一吐舌头，两人倒像昨天才见过。周颂栖是笑朱凛凛受不了做这种公众场合的焦点，更别提当众发言了，出版公司为她的绘本安排的几场签售都是她拜托周颂栖出面推掉的。

周颂栖那天也是路过的，见到朱凛凛便走进去了。

那天两个人在附近找了间咖啡厅坐下闲聊，不知为何突然聊得热络异常起来。一向沉稳的周颂栖那天很有兴致地讲了自己从小到大的很多事情。朱凛凛听了他那么多年少的窘事，再看着面前讲得眉飞色舞的他，竟然完全就是个孩子，忍不住跟着他大笑起来。

或许是那天聊得实在太开心，几天后周颂栖在微信上找朱凛凛说话时，朱凛凛主动说："嗨，我们一起去吃午饭吧。"周颂栖在那边大概是愣了一愣，好一会儿才答她："我要找个本子记一下，这可是你第一次主动要见我呢！"

朱凛凛在电脑这边笑了。

两个人渐渐聊得频繁起来，周颂栖知道朱凛凛喜欢花草，出去办事时看见路边有新鲜的漂亮花草，也常要拍了发给朱凛凛看。朱凛凛想到周颂栖一身风衣挺阔蹲在路边拍花草的样子就忍不住要笑起来。

朱凛凛有天路过两人第一次见面的工行门口，心下一动，拍了张照片发给周颂栖，他居然一眼认了出来，对她说："这是我们第一次见面的地方啊，我前几天同这家银行行长一起吃饭，我还跟他聊起，说这是个对我而言很特别的地方。"

周颂栖说的特别是什么意思呢，朱凛凛不能肯定。她的心又如几年前一样，有了恐慌。

只是，几年前的她惧怕的是自己内心不光明的贪欲，而现在的她更害怕的是失去。这些年周颂栖的存在对她来说其实十足珍贵，她并不愿意冒任何失去他的风险。而这个世界上还会有比爱情更具风险的关系吗?

"任何太过美好的东西都是不祥的,我们最好不曾得到。你对我来说,已经是太过珍贵了。"朱凛凛不能断定周颂栖的心意,便只能在两人的闲聊中有意无意地透露她的退却。

周颂栖没有听凭她的退却。他拿出了工作时那果敢笃定的一面,他径直把朱凛凛约出来问:"凛凛,我离婚好不好?"

朱凛凛完全被吓呆了,如果说她确有曾经猜测过周颂栖对她的喜欢是否属男女之情,那她也从未想到过向来理性过人的周颂栖会吐出离婚这样的字眼。

而周颂栖接下来的话也让朱凛凛很惊异。周颂栖记得朱凛凛第一次见他时穿的衣服,杏色长衫配卡其色长裤,他说她那一身静得像一帧插画。他记得她有次见她时在咖啡厅门口折断鞋跟的那双鞋子是浅蓝色带藏蓝蝴蝶结。他记住了每一次见她时她的样子,许多她的旧事旧物,包括她说过的许多话,有很多朱凛凛自己都已经记不起来了。尤其他说起那个他们一同去郊外的雨天,那天他买完水从雨中走向车,看着安静坐在车中的她的时候,心里突然有非常强烈的波澜。那波澜是什么呢,周颂栖并没有说出来,也许他觉得太过直白并无必要。但他说起那年冬天他独自去云南旅行,他说那时候他其实在纠结，那是他生平第一次想到离婚。

周颂栖也第一次对朱凛凛说到了他和妻子的事情。他们亦是相亲认识，婚后一直没什么感情。周颂栖说："我以为我可以这样过一生，现在我发现我不能，我并不甘心。"

这绝对是朱凛凛一生中面临过的最大诱惑。

但是最后朱凛凛装了傻。

她问周颂栖："哥，你和嫂子之间最近是有什么不愉快吗？你们都有孩子了，你不要太难过，两个人一起过了这么多年，有问题一定能解决。"朱凛凛这些年时常叫周颂栖"哥"。

周颂栖的眼神里满是黯然失望。

回去后很多很多日子，朱凛凛的心情都很消沉。她比周颂栖更对自己感到失望。

在别人眼里，那个聪明世故最擅长保全自己的周颂栖，把最赤诚的自己打开给了她。而她这个这些年来一直被周颂栖保护着的傻子，却对他用了最虚伪恶心的托辞，她连一句真诚的话也不敢给他。

朱凛凛明白自己只是太过珍重周颂栖。她不是不想再进一步走向他，她只是不相信爱情脆弱的时间轴。所有的爱情走到最后，不是俯视就是仰视。她不想在失却了平等的最后，在一段生出了疏远与厌憎的关系里失去他。

朱凛凛是那种拿一个主意心中要过万重山的人。

第二年深春，她终于下定决心要去找周颂栖。

那时她早已听说他离婚数月了。朱凛凛想，周颂栖始终是一个果敢的人，知道自己要什么不要什么，容不得半点儿马虎，全然不像她，能够允许自己长久糊涂而囫囵地活着。

朱凛凛走在路上，发现她行经的依然是当初她第一次走向他时那条种满蔷薇的街道，密密麻麻的锦簇花朵争相在风里递送出蜜的清甜。朱凛凛路过了属于他俩独家记忆的那所工行，她走得有点儿甜蜜，有点儿期待，有点义儿无反顾。

像周颂栖当时向她所倾吐的那般，这大半年里她脑海中已经有了无数周颂栖的样子，他微笑的样子，他目光温柔的样子，他每一句温柔关爱的话语……原来它们都在她的脑海里，只等她放开一直以来刻意的禁锢，便可一一在记忆中清晰提拣。爱一个人，从来不是一朝一夕的事情，爱是久病成医。

只是在周颂栖单位楼下，朱凛凛停了脚步。她看见周颂栖同一个女子走出来，一同坐进了车里。女子信手挽过周颂栖臂膀的动作很亲昵，周颂栖的面容上也现着淡淡的柔软。那女子一脸清爽干练，看起来有几分面熟，朱凛凛想了好一会儿，才想起来她是那日他们共同遇见的那个女画家。

不知他们是如何走到一起的，但看起来，两人还真是颇为般配。

其实这样也好。那女子全然不像她。她朱凛凛懦弱，患得患失，并不擅长长久保管谁的真心。

朱凛凛就这样，一路想一想，笑一笑，想一想，笑一笑，一直笑到有眼泪掉下来。

丈夫最终会同意在她拿出的那份离婚协议上签字吗？她不知道。这终究是她生命里另外一桩事情了。

无论如何，错的总要告别，这亦是周颂栖教过她的诸多事情中的一桩。

朱凛凛沿着来时的路往回走。路过那条爬满蔷薇的幽静街道时她觉得满心疲乏，全然不想再撑起这身骨肉，便不计形象地一屁股坐在路沿。蔷薇在她身旁开得那么疯那么颠，一阵风过，小半个春天都死在了风里。她呆呆地看了它们很久，有点儿爱上它们的决绝。这些酷烈的花朵就是这样，永远以死相逼地提醒你珍惜，珍惜那些手握珍宝的时间。

其实也好，它终究开过了，哪怕无人处。朱凛凛这样想着，终究又兀自一笑了。